天下第一楼

何冀平 著

北京出版集团
北京十月文艺出版社

图书在版编目 (CIP) 数据

天下第一楼 / 何冀平著. -- 北京：北京十月文艺出版社，2025. 6. -- ISBN 978-7-5302-2480-9

I. I234

中国国家版本馆CIP数据核字第2025JY6677号

天下第一楼
TIANXIA DI-YI LOU
何冀平　著

出　　版	北京出版集团	
	北京十月文艺出版社	
地　　址	北京北三环中路6号	
邮　　编	100120	
网　　址	www.bph.com.cn	
发　　行	新经典发行有限公司	
	电话 010-68423599	
经　　销	新华书店	
印　　刷	北京盛通印刷股份有限公司	
版　　次	2025年6月第1版	
印　　次	2025年6月第1次印刷	
开　　本	880毫米×1230毫米　1/32	
印　　张	8.75	
字　　数	153千字	
书　　号	ISBN 978-7-5302-2480-9	
定　　价	49.80元	

如有印装质量问题，由本社负责调换
质量监督电话　010-58572393

版权所有，未经书面许可，不得转载、复制、翻印，违者必究。

目 录

天下第一楼 ……………………………… 001

第一幕 …………………………………… 005

第二幕 一场 ……………………………… 036

第二幕 二场 ……………………………… 070

第三幕 …………………………………… 086

尾声 ……………………………………… 114

《天下第一楼》写作札记 ………………… 117

德龄与慈禧 ……………………………… 123

第一场 码头 ……………………………… 127

第二场 中堂府 …………………………… 135

第三场 颐和园长廊及仁寿殿 …………… 148

第四场 慈宁宫及游廊 …………………… 172

第五场　瀛台 …… 183

第六场　东暖阁 …… 193

第七场　慈禧寝宫外 …… 199

第八场　宫院 …… 208

第九场　慈宁宫 …… 221

第十场　颐和园长廊 …… 234

第十一场　中堂府 …… 244

第十二场　养心殿 …… 251

第十三场　尾声　宫院转慈禧寝宫 …… 265

他们都是活生生的人 …… 270

== 天下第一楼 ==

人物表

卢孟实　福聚德掌柜的。

唐德源　福聚德老掌柜的，也是东家。

唐茂昌　唐德源的大儿子。

唐茂盛　唐德源的二儿子。

常　贵　福聚德的堂头。

罗大头　福聚德的烤炉师傅。

王子西　福聚德的二掌柜。

玉雏儿　卢孟实的相好，胭脂巷的妓女。

李小辫　福聚德的灶头。

修鼎新　福聚德的"瞭高儿"兼账房，前为克五的"傍爷"。

克　五　某王爷的后代，食客。

成　顺　福聚德的徒弟。

福　顺　福聚德的徒弟。

福　子　唐茂昌的"跟包的"。

警察、宫里包哈局的执事、中人钱师爷、总统府的侍卫副官、瑞蚨祥的四爷、胭脂巷的女人、送花的伙计、食客等。

第一幕

时间 一九一七年 夏。

地点 前门外肉市"福聚德"。

正阳门（又称前门）外，堪称"天子脚下"，人口稠密，市井繁华，京师百业之精华尽在于此。店铺、茶楼、戏院、摊位鳞次栉比。白天人群熙来攘往，入夜灯火辉煌，历经五百年繁盛不衰。

就在正阳门外，俗称前门大街的东边，有一条小胡同，叫肉市。清晨，天刚亮，这里摆满卖生猪的摊子，随着天渐渐亮起来，到这里来买肉的人也越来越多，到快晌午的时候，猪肉摊都撤了，换了酒肆茶楼开始做生意。内城里的旗人起了身，提笼架鸟，带着仆从，来这一带喝茶闲聊听评书，一坐就是一天。转眼又到了傍晚"饭口"的时候，肉市又换了另一番情景。原来，肉市两边一家挨一家开着饭馆子，每家馆子都有独特风味，北方的涮羊肉，阳澄湖的大螃蟹，山东的葱烧海参，河南的红烧鲤鱼，京味的炒肝、爆肚、吊炉烧饼、白水羊头……最有代表性的，要数名噪京城的烧鸭子（**直到解放后才叫烤鸭**）老字号"福聚德"。

道光十七年，一个操着山东荣成口音的唐姓后生，就在正阳桥头，御用辇路的石板道旁，用两块石头支一条案板，摆了一个卖生鸡鸭的小摊儿。他为人和气，买卖公平，生意慢慢做起来，直至用一枚一枚辛苦钱在肉市买下一间小铺面房，立下了百年基业。

如今，福聚德老唐家的家业已经传到第三代。门脸儿正中门楣上并排挂着三块匾，"福聚德"居中，"鸡鸭店"在右，"老炉铺"在左。这时的福聚德身兼三职：烧鸭子、生鸡鸭、"苏盒子"（**当年人们吃春饼的各种熟肉，切好摆放在特制的木盒里，故而得名**）。前厅左边摆着两只大木盆，是烫鸭毛用的，赶上旺季，大木盆里边热腾腾地装满开水，旁边坐满了人，一个个手脚麻利地拔着鸭毛。沿墙根，一排木架子上挂着开好的生鸭坯子，那鸭子都吹好了气，一只只肥嫩白生，抹上了糖色，十分好看。前厅右边是福聚德的百年烤炉，红砖落地，炉火常燃。炉口有一副对联：金炉不断千年火，银钩常吊百味鲜。横批：一炉之主。这是福聚德里最富神秘色彩的一隅，当年这座炉和烧鸭子的技术是店里的最高机密，坐在曲尺形柜台后面的账房和二掌柜，除去支应柜上的事，就是牢牢地盯着烤炉，不许任何人靠近。

　　走进二道门是一个敞堂，两边分别是库房、柜房和开生间，后来又加了两间"雅座儿"。敞堂正中是一面描金富贵花的影壁，前面有个养活鱼的大鱼盆，后边有门通向"热炒"的厨房。（第一幕时除了影壁，其他的还都没有）

　　幕启时，正当饭口。肉市口里热闹非凡，各家饭庄子的厨灶正在煎炒烹炸；跑堂儿的招呼着客人；食客们磕杯碰盏。这几天，酒肆、饭庄的生意特别好。清朝的最末一个皇帝，在"子民"们"帝制非为不可，百姓思要旧主"的呼声下，由张勋保驾，又坐了"大宝"。紫禁城内外的遗老遗少们顿时兴奋起来，翻腾出箱底的朝衣，续上真真假假的辫子，满大街跑的都是"祖宗"。按照我们中华民族的传统，表示心情愉快的唯一形式就是"吃"，所以，肉市口里回光返照般地闹腾起来。

　　二掌柜王子西站在福聚德大门口，朝对过儿元兴楼饼铺，用手比画着。（此时，福聚德里还没有面案，饼和烧饼都是外买）

王子西　（比画着）荷叶饼，二百张！来人，去西边取十个烧饼，要热乎的。

　　〔小徒弟福顺应声从王子西手里接过两个竹牌子，一路小跑下。

〔一个身穿号衣的警察边喊边上，手里拿着一卷皱巴巴的旗子。

警　察　挂龙旗！挂龙旗！二掌柜的，你们怎么还不挂？

王子西　嗐，昨儿找了一宿，今天说去估衣铺订一面。又抽不出人来。

警　察　得了，我卖你一挂吧。（抽出一面）留神！马粪纸糊的。（端详着王）您这辫子怎么瞅着那么假？（用手去揪）

王子西　（叫起来）哎！得，您行好吧，这包炉肉丸子您拿回去熬白菜。

〔警察接过钱和肉，又叫喊着走了。

王子西　（试着劲揪了揪脑后的辫子）本来就是马尾巴续的。

〔克五和修鼎新从雅座里出来。这克五是个公子哥儿，家里头大师傅的饭吃腻了，整天在外边泡馆子，是京城里有名的食客。他身后的修鼎新是个"傍爷"，是专门陪主子"吃"的高级奴仆。他会吃、懂吃、能挑眼，各饭庄都知道，要侍奉好老爷、小爷，关键是这些当"傍爷"的。两人穿着清时的袍褂，梳着大辫，和周围气氛格格不入，像是刚从棺材里跑出来的。

〔常贵在前面殷勤地引着路,王子西在下边迎着。

克　五　（吃得高兴,满面红光）常巴儿,刚才我上台阶的时候,你怎么说来着?

常　贵　（马上想起来）我说您是步步登高。

克　五　嗯,皇上刚坐龙廷就赐我们老爷子顶戴花翎、绿呢大轿。

常　贵　给您贺喜,老太爷保驾有功还得高升!

克　五　那我现在下台阶呢?

常　贵　（全凭脑子快）您这叫后辈老比前辈高,五爷您赶明儿得超过老爷子!

克　五　（大笑）行,常巴儿,你这张嘴,能把烤熟的鸭子说活了。

常　贵　就怕没伺候好五爷。修二爷,您吃着还顺口吗?

克　五　比焖炉的香,修二爷你说呢?

修鼎新　（矜持地）还不错。

王子西　二位爷抬举。

克　五　（撒给常贵一把钱）拿去分分。

常　贵　（快步走到柜台前,把钱"哗啦"一声倒在装小费的长竹筒子里）五爷赏下了,咱们喊一声——

〔幕后众声:"谢克五爷!"

克　五　得了,得了。（瞧见挂起的龙旗）皇上重登大宝,你们知道啦?

常　贵　知道,知道!您瞅这街面上够多热闹。

克　五　(俨然是个朝廷命官一般)头一天,皇上一口气就下了九道上谕,叫黎元洪退位,他竟敢拒不受命。我们老爷参本,请皇上赐黎元洪自尽。

常　贵　对,叫他自己个儿上吊。

克　五　可皇上心慈,说刚登基就杀人不好,可是念我们老爷一片忠心,钦赐紫蟒、花翎。

修鼎新　明天,克老爷要在府上叩谢天恩,用二十只鸭子,一只烤小猪。

王子西　是,是,一定准时送到!盼二位爷常来光顾,给小店门面增光。

克　五　(一摆手)修二爷,车来了吗?

修鼎新　候了多时了。

克　五　咱们下站是哪儿啊?

修鼎新　"新盛长"明儿一早开张,今儿晚上请您去吃头碗"鳗面"。

克　五　(不耐烦地)又是面条子,腻歪死了。

修鼎新　这"鳗面"是梁武帝的长公子昭明太子从扬州学来的点心。用鲜活大鳗鱼一条,蒸烂去骨和入面中,清鸡汤轻轻揉好,擀成纸一样薄的面片,用小刀划成韭菜叶宽窄的细条，清水煮到八分熟，加鸡汁、火腿汁、蘑菇汁，烧一个滚，宽汤，重青，重浇，带过桥，吃到嘴里，汤是清的，面是滑的。

克　五　（听得动了心）让你这么一说，咱们就去给他个面子。（忽然打了个饱嗝儿）我也不能刚吃完了又吃啊！

修鼎新　华清池新添蒸馏水沐浴，一律西洋设备，水龙头都是金的，他们经理请您好几回了。咱们先去华清池洗个澡，您歇歇乏，消消食，然后去"新盛长"吃消夜，您看怎么样？

克　五　你提调吧。

常　贵　二位爷慢走。

克　五　（回过头）常巴儿，下回来我还得考你一样新鲜的，看你小子长进不长进！

常　贵　常贵一定不辜负五爷的抬举。

〔克、修二人下。

王子西　瞅模样，克五挺高兴，没挑出什么毛病来吧？

常　贵　（只是摇头，口干得说不出话来）

〔小徒弟成顺机灵地把一碗凉得正可口的茶递过去。

常　贵　（一饮而尽）他说咱们挂炉烧出的鸭子比焖炉的强。

王子西　谢天谢地！

成　顺　我一看克五那张脸就害怕，听说，有一回他带修二爷去正阳楼吃螃蟹，吃出蒸螃蟹没垫紫苏叶子，一脚就把桌子给掀了，吓得正阳楼两天没敢开门。

常　贵　都知道克五会吃，其实会吃的是跟在他后边的那位修二爷。原先他傍克老太爷，而今又傍克五爷，是个专门会吃的主儿。有一回，克老爷子去便宜坊吃鸭子，嫌擦嘴的手巾把儿硬，这位修二爷脑子快，想起来发面饼了，从那儿以后，咱们烧鸭子饭庄都得预备六瓣荷叶饼供主顾们擦嘴用。

王子西　他是旗人？

常　贵　浙江金华人，专门出火腿的地方。他说金华火腿之所以好吃，是因为每做一批火腿的时候，中间一定要夹杂一只狗腿。

王子西　听着都邪行！

常　贵　他说，做什么菜都有这个道理，这叫狗腿——

〔幕后一个浓重的山东口音叫喊起来："成顺，得了！"

成　顺　（吓得拔腿就往烤炉跑）

常　贵　我听这声不对劲。

王子西　兜儿里没银子，烟瘾又犯了，按着点，千万别让那位听了去。（朝挂着门帘的柜房努努嘴）

〔成顺托着一只枣红色油亮的大烤鸭上，常贵接过来小心地放在一只干净的铁筒子里。

王子西　骡马市东口"大门刘",今天常师傅不去了。

成　顺　(兴奋地)让我片?

常　贵　(点头)

王子西　你留神,片片带皮,一共一百零三片——

成　顺　(接)丁香叶大小,要是片出骨头来,马上打发我回家!(欲下)

常　贵　带两张荷叶饼,万一人家"四圈"没摸完,就得饿你个前心贴后心。

成　顺　哎!

王子西　打对过儿"全赢德"门口走,把车铃铛摇响着点。

成　顺　哎!(跑下)

〔烤炉师傅——山东大汉罗大头上。他膀大腰圆,剃着光头,一手拿着檀木烤杆儿,一手提溜着一只鸭子。

罗大头　(把鸭子一扔)我不干了!

王子西　又来了不是?烤鸭、烤鸭,就瞅你这烤炉的,你不干,我们都得散伙。

罗大头　我罗大头自打跟师傅学徒起,没待过这么窝火的饭庄子!二掌柜,今儿什么日子?

王子西　五月十五。

罗大头　算大账的日子!从一早起,两位掌柜的没露过面,一个上武术馆，一个泡戏园子，他们福聚德不想干了，我大罗不能跟着一块糟践手艺！

常　　贵　咱们冲老掌柜。

罗大头　我对得起他们。庚子年八国联军烧了前门脸儿，要不是我从大火里抢出这块匾，没有今天的"福聚德"！混到而今，我大罗这兜儿里连个叮当带响的都没有了。我把话说下，今天少分我半成，我拔腿就走！

王子西　我的大爷，小声点嚷。

罗大头　（越嚷越大声）我还是别处不去，专奔对过儿全赢德烧鸭铺。

常　　贵　大罗！老掌柜的病着，你是成心要他的命？

罗大头　常头，这不是做买卖的样儿！

〔门帘一挑，钱师爷上。

钱师爷　罗师傅说得有理，对面正缺二位这样的，要想"跳门槛儿"，我给递信。

罗大头　你是要账来的吧？干什么来的，你说什么，我们哥儿们的事掺和不着你！

钱师爷　你硬气！都是街面上混的人，谁还用不着谁？

罗大头　我就用不着你！你小子吃钱使人、拉皮条、当中人，不是老爷儿们干的事！

王子西　钱师爷,我们大罗这几天心里有火,不是冲您。炉肉要"放汗"了,罗师傅,你去瞅着点。(推罗下)

钱师爷　不知好歹!

常　贵　(捧茶)您喝口热的。

钱师爷　(脸一拉)不用。(拿起柜台上的算盘)"同鼎和"的白面是一百大洋,"六必居"的甜面酱是五十,头前儿修鸭堆房,这是三百,加上新进的这批水鸭子,一共是六百二十块。请掌柜的出来见见吧。

王子西　都是老交情,您再抬抬手。

钱师爷　甭废话。

常　贵　您别生气,跟您说句过心的话,我们老掌柜一病,二位少爷轮流坐庄,我们这也是两个人四个主意,不知听谁的好。得,您多包涵了,回去跟几位掌柜的说句好话,再宽限几天,我给您作揖了!

钱师爷　(把眼一瞪)甭来这一套!跑堂的替掌柜的作揖,你不够格!今天了也得了,不了也得了,拿钱吧!

王子西　一个劲儿跟您说好的,好歹行个方便。

钱师爷　有钱没钱?没钱,别怪我不讲仁义!(把手一招,拥进来四五个人,抬脚就要掀桌子)

王子西　(吓坏了)哎,哎!

〔老掌柜唐德源上。

唐德源 （喝住）钱五成！

钱师爷 （收敛）哟，老掌柜？这一向好哇！

唐德源 你是来要账的？

钱师爷 （示意打手们退下）哪儿？我是来贺喜的。您这程子生意多好啊，可不像您老太爷刚买下这块地那会儿。

唐德源 那会儿，你在鲜鱼口人市当"力巴儿"。

钱师爷 （语塞了一下）满北京城谁不知福聚德的烧鸭子啊！得了，您就把这点钱赏下来吧，往后，我好给您办事。

唐德源 回去跟这几位东家说，今天是福聚德算大账的日子，我脱不开身，明儿一早二掌柜带着钱到各柜上去，一笔了清。常贵，包两只大鸭子，叫福顺先送钱师爷回去。

钱师爷 （不敢得罪，就坡下）我谢谢您，鸭子我不带了，拿张鸭票子就得了。

唐德源 给钱师爷取鸭票子，鸭子也带上。

钱师爷 （得了便宜，眉开眼笑）那我就拿着了。老掌柜，您好好养病。二掌柜的，咱们明儿见。（下）

唐德源 （坐下，喘气）

〔几位客和一位伙计打扮的人进门来。

伙　计 掌柜的，来一个"苏盒子"。

常　贵　"苏盒子"一个——（下）

王子西　你是估衣铺的吧？这几天生意好啊？

伙　计　敢情！头年闹革命党那会儿收的估衣，两天就卖光了，急得我们掌柜的恨不能上棺材里扒去。

王子西　哎，我记得你小子辫子铰了呀？

伙　计　（小声）我是盘上了，革命来了盘上，皇上来了再放下来。

王子西　好，成井绳了。

　　〔常贵把一个长六寸、高四寸的圆漆盒子捧上来，打开盒盖。

常　贵　一共十六样，酱鸡块换口条子。

伙　计　（闻了闻）是清酱肉吧？

常　贵　放心，"盐七、酱八"，少一个花椒粒儿都不卖，您就吃去吧！

　　〔小伙计捧"苏盒子"下。

王子西　（小心地向老掌柜）天儿不早了，下幌子吧？

唐德源　广和戏散了吗？

王子西　今天晚上全部《龙凤呈祥》，得过十二点。

唐德源　再等等。风水先生请了吗？

王子西　请了，他说子时准到。

唐德源　（拿起柜台上公众茶叶筒闻了闻）怎么让大伙儿喝茶

叶末子?

常　贵　（掩饰地）这回张一元来的茶叶末子味儿特别好。

唐德源　（不再问下去）这几天买卖怎么样?

王子西　挺好，今天克五带修二爷来了。

唐德源　哦?没挑什么差池吧?

王子西　没有，订了二十只，还给了不少赏钱。

唐德源　常头侍候的?

王子西　是。

唐德源　告诉柜上，克五爷的赏钱给常贵二成。

常　贵　掌柜的，不用——

唐德源　你家里头紧，不用跟我客气。子西，账都清了?

王子西　清了，您过过目。

唐德源　大少爷、二少爷看过就行了。

王子西　他们……

唐德源　他们俩呢?又没来?

常　贵　啊，一定有什么事耽搁了。近来二位少掌柜对柜上的事可挺上心的。南口儿全赢德不是要开张吗，二少爷买了一千头麻雷子，吩咐到那天不等他们放，咱们先放，崩崩晦气；大少爷也憋着一口气，说，非争出个高低来不可！您瞅，二位少爷这心气儿。

唐德源　（未置可否）子西，今天算完账，先把欠的钱拿出来，拉一屁股账还跟对过儿争什么高低！（见王态度不明）嗯？

王子西 （支吾地）啊。

唐德源 子西，你听见没有？

〔罗大头拎着一只生鸭子上。

罗大头 （边走边喊）这是谁进的鸭子，这不是砸牌子吗？

常　贵 （向罗使着眼色）大罗，你再挑挑，一两只难免。

罗大头 （不理）全这样！这是贪便宜进的病鸭子。掌柜的，这鸭子我不能烤，罗大头的手艺侍候过宫里的太后。知道的，是鸭子不好，不知道的，还以为我大罗装熊呢！

唐德源 （拿起鸭子，熟练地捏捏）子西，这一批明儿赶早卖给汤锅，咱们不能用。福聚德有名声，全凭东西好，还是那句老话儿："人叫人连声不语，货叫人点手自来。"

罗大头 有您这句话，罗大头气就消了。今晚天真好，我出去遛遛。

常　贵 早点回来，回头"说官话"又找不着你。

〔罗大头下。

唐德源 大罗那口嗜好还没戒？

常　贵 戒不了，为口烟，把老婆也丢了。

王子西　听说他把老婆卖的那个主儿，人还不错，头年，那个女人还生了个闺女，倒比跟着他强。

唐德源　怎么也是他的结发之妻，老话说，好女不嫁二夫，好货不更二主——（想起刚才的事）子西，这批鸭子是你开的账？

王子西　是二少爷。

唐德源　他整天舞刀弄杖的，哪儿会看鸭子？你倒是跟着点。

王子西　我是跟着去的，我说——

唐德源　子西，你跟我不是一天两天了，现在柜上的事全仗你，你得挺得起来才行；对门再有三天就开张了，咱们的鸭子、葱、饼有一样不好，就是把主顾往人家那边请。

王子西　掌柜的，您跟老爷子待我的好，我一辈子忘不了，可我最近不知怎么了，添了个头疼的毛病，（做作地）疼起来呀，就觉着天也黑了，地也裂了……

唐德源　前几天，你说有个师兄弟？

王子西　啊，卢孟实，学生意的出身，而今是玉升楼的账房。

唐德源　也是咱们那儿的人？

王子西　荣成大卢营的，打小我们就在一块儿，哪天我领来您看看，方眉正脸的，有股子福相。听说，他娘生他的时候，就瞅见吹着打着，八抬大轿里坐着个胖小子……

唐德源 （不想听这些）他肯来吗？

王子西 正是心气儿盛的时候，谁不想往高处走。再者，他跟玉升楼掌柜的有仇，早不想在那儿干了。他来我退，让他掌二柜。

唐德源 这事我再琢磨琢磨。

常　贵 您累了，后边躺会儿直直腰。

唐德源 那俩孽障一回来就结账。（下）

常　贵 二掌柜，我多句嘴，自掌柜的接了柜上的事，一直是"自掌自东"，您是他远房兄弟，拿二柜他放心，那卢孟实可是两姓旁人啊。

王子西 可再这么下去，我撑不住了。最要命是今天这账，老爷子让我明天去还钱，拿什么还？

常　贵 这么干，没进项？

王子西 （翻账）大少爷请名角支了五百，二少爷给什么"精武会"捐款，拿走一千。他们跟我要钱，我不敢说不给。老掌柜说我挺不起来，我得听着。没见老掌柜直请风水先生吗？气数要危！有一天，福聚德关了门，还得说是我闹的。

常　贵 老掌柜是个爱脸面的人，怎么也得瞒过去。

王子西 瞒过初一，瞒不了十五。

〔一阵喧哗,车铃声、马蹄声、人声、吆喝声,迭次而起。广和戏园散戏了。

王子西 散戏了,福顺!(见福顺睡着了,踢了一脚)又冲盹儿,快出去!

福　顺 (吓得跳起来,跑到门口)来哟,(打个哈欠)来吃鸭子,挂炉的,脆皮——

〔三个人走进来。

常　贵 (迎上)几位爷,看完戏了?吃点什么?喝两盅?(让进一个单间儿)

〔卢孟实上。他三十来岁,人干净利落,走起路来脚下生风,一来就带着一股子生气。

卢孟实 子西兄!

王子西 嚄,说你你就到。常头,这就是我刚才提起的卢孟实。

卢孟实 常师傅,久闻您的大名,一直没得一见,今天幸会了。

常　贵 (打量着这个头是头、脸是脸的年轻后生)您客气,常贵不过是个伺候人的。

卢孟实 不能这么说!不论写书的司马迁,画画的唐伯虎,还是打马蹄掌的铁匠刘,只要有一绝,就是人里头的尖子。听说,您有一批老主顾,您走到哪儿,他们跟到哪儿，哪家饭庄子有了您，等于拉住一批撵不走的客人。

常　贵　您过奖了。（送茶后，去招呼客座）

王子西　怎么着，陪玉雏儿姑娘看戏来了？

卢孟实　（一笑）顺带办点事。

王子西　别遮遮盖盖的，出门在外，有个相好的不为过，别当真格的就成了。

卢孟实　我真是找她打听事的。我听说内联升有本不对外的秘本《履中备载》，你知道吗？

王子西　没听说过。

卢孟实　他们把北京城里王公亲贵们的穿鞋尺寸、爱好式样全记下来了。

王子西　这是干什么？

卢孟实　比方说，贾府的老爷想巴结李府的老太爷，送双千层底、锦绣帮儿的官靴，就到内联升如此这般一说，内联升保险做一双正可李家太爷脚的靴子，这份礼送得就又体面又可心。

王子西　你是想……

卢孟实　我想咱们的饭庄子要是把北京城里头这些大宅门里老老小小的喜庆日子都记下来，碰上"三节两寿"，咱们人到礼到，人家订咱们的酒席，早有准备；不订，送一盒子寿桃、寿面，让人家心里痛快，知道咱们细致周到，以后多有光顾。

王子西 你就是爱出"幺蛾子"，就是你们那个掌柜的不值当为他下这么大的心。

卢孟实 （长出了口气）

王子西 拿人不当人，要不大伯他不至于就……

卢孟实 （不愿提伤心事）也是他太老实，要是我……

〔风水先生上。

王子西 先生来了，我们掌柜的候您多时了。

风水先生 子时还未到。

〔唐德源上。

唐德源 我请先生来，是想……

风水先生 （打断）不必开口，先带我看看您的福宅。

唐德源 请。

风水先生 本家不要动。

唐德源 子西，你领先生去，我陪卢先生。

王子西 孟实，这就是老掌柜的。

〔王子西陪风水先生下。

卢孟实 老掌柜，孟实给您请安。

唐德源 不敢当，坐。你刚才说的我都听见了。

卢孟实 我和子西兄这儿瞎聊，让您见笑。

唐德源　想得不错，你把这些都对我们说了，不怕我们抢了玉升楼的生意？

卢孟实　船多不碍江，有比着的，才见长进。

唐德源　好。有个事，我想听听你的主意。

卢孟实　您说。

唐德源　就在我们对过儿，有家烧鸭饭庄要开张，门脸和我们一模一样，连屋里的椅垫子、门口遮阳的帐子都不差分毫。那边掌柜的，原来是我这儿管账的；那边掌灶的，是我歇了工的。这家字号叫"全赢德"，意思是全部的要赢过我们福聚德去。你说这件事，要是你怎么办？

卢孟实　到瑞蚨祥扯两丈红绸子，做个大大的红幛子，写上"前门肉市福聚德全体同人贺"，到全赢德开张的那天，掌柜的领头，雇一副锣鼓吹打着去贺喜开张，祝告生意兴隆。

唐德源　为什么？

卢孟实　咱们是江湖买卖，不干欺生灭义的事，有本事，买卖上见。

〔风水先生边说边上。

风水先生　好地方，好地方，风水宝地啊！前临驰道，背靠高墙，尤其一边一条小胡同，这胡同叫什么名字？

唐德源　井儿胡同。

风水先生　"井"字,看看,低了就掉井里头了。

唐德源　您是说……

风水先生　房子太低,够不着福气!得在这儿起一座楼,两条胡同正是两杆轿杆子,这是一顶八抬大轿哇,前程无量,前程无量!

唐德源　先生,您说得盖楼……(见人多不便)请后边用茶。

〔唐陪风水先生下。

卢孟实　(半思忖半自语)他说这儿是一顶轿子……

王子西　嘻,说是金銮殿也没用。

卢孟实　生意还不景气?

王子西　没有上心干的人。哎,对了,有件事我一直想跟你商量……

〔福聚德的大少爷——少掌柜唐茂昌上,后面紧跟着捧角——"跟包的"福子。

唐茂昌　(边走边唱边琢磨)"刘备本是靖王的后,汉帝玄孙一脉留……"

福　子　(用嘴打着锣鼓点过门)

唐茂昌　这个"一"字,还是谭鑫培谭老板吐得好。

福　子　您这个"一"字,另有一股味,余派,余老板的味。

唐茂昌　是吗?(唱)"一脉留——"福子,我想把今儿晚上这几位角儿都请来，你说，他们来不来？

福　子　福聚德少掌柜的请客，他们准来！

唐茂昌　我得拜个师。

福　子　您要"下海"？

唐茂昌　老这么着不行，得让梨园行的捧捧我。

福　子　说不定，这几位老板陪您唱一出呢！

唐茂昌　（越想越乐）福子，这件事你要是给我办到了，福聚德你自由来往！

福　子　（眉开眼笑）谢唐老板！

唐茂昌　（接过常贵送上来的小茶壶）二少爷呢？

常　贵　还没回来呢。

唐茂昌　（发现卢孟实）这是哪位呀？

王子西　玉升楼的，我师兄弟卢孟实。

卢孟实　（迎上去）唐掌柜，我听过您的《乌盆记》。

唐茂昌　（顿时来了精神）哦？

卢孟实　在天盛，您那段反二黄，真有味儿，扮相也好。

唐茂昌　那天眉毛吊得不好，一高一低，您在台底下看出来没有？

卢孟实　（顺情说好话）没有，一点不显。

唐茂昌　嗓子也不太好，直"冒"。

卢孟实　您是"云遮月"的嗓子，调门儿低点好。

唐茂昌　哟!您跟余老板说的一样!(得遇知己)下礼拜,我有一出《探母》,我给您留座儿。

卢孟实　那太好了,(信口)我就爱听您的戏。

唐茂昌　(拉住)别走,咱们一块儿吃饭,您给我提提。

卢孟实　都是什么时候了,吃饭?

唐茂昌　我逢看戏、演戏都不吃饭;常贵给这位大爷拿只好鸭子带上。

卢孟实　谢谢您,鸭子我不带了,您记着我的座儿。(下)

唐茂昌　哎,让我的车送送!(思忖)这位怎么这么面熟啊,谁啊?

王子西　他是玉……

唐茂昌　(忽然想起来了)噢!瞅我这记性?玉连成那个唱小生的!

王子西　(无奈地)魔怔了。

唐茂昌　(自语)有专听我的戏的,(兴奋起来)就这么着了,福子,明天下帖请他们,一个不许落。

福　子　这事我包了!嘿嘿,唐老板,我还没吃饭哪。

唐茂昌　常贵,包只鸭子给福子带走。

王子西　少掌柜,老爷子来了,在里头躺着呢。

唐茂昌　嗯。(整整衣服,下去见爹)

〔福子挑了一只大鸭子,乐颠颠地下。

王子西　还不如搭棚舍鸭子呢，倒落个好名声。

常　贵　（打着苍蝇）唉，不是做买卖的样儿啊！

〔忽然，后院里"咚"的一声，吓了两人一跳。

王子西　二少爷回来了！这个更邪，有门不走，跳墙。

〔唐茂盛上。他一身武侠打扮，灰色缎子裤褂，腰间系一条宽丝板带，带穗上绣着一朵绿色的牡丹。

唐茂盛　听见响儿了没有？

王子西　听见了。

唐茂盛　（遗憾地自语）还得练轻功。常贵，不是这样打苍蝇。你看着，（运气）来了，来了！（拿起桌上的筷子"啪啪"夹住两只）得这么打。

常　贵　二少爷，我不会。

唐茂盛　不会，学呀！我也打得不好，我师傅往那儿一站，苍蝇就往身上飞。

常　贵　许是他刚吃完鱼。

唐茂盛　哪儿呀，运气。丹田气冲顶，嗳——（摆起架势）

〔唐茂昌上。

唐茂昌　（厌烦地）要练，上西郊野地。

唐茂盛　你甭管我，你有你的嗜好，我有我的稀罕。

唐茂昌　看看你这身打扮，要学，学学林冲，人家懂得"夜尽更筹，听残滴漏"。王胡子算什么？草寇。

唐茂盛 （急了）你说王胡子是草寇？我告诉你，头年菜市口杀王胡子，我亲眼见过，人头落了地，还瞪着眼，张着嘴，把黄土地啃起一溜黄烟，是条汉子！

唐茂昌 得，得，我不跟你争，爹叫你呢。我劝你趁早套上件大褂，省得挨骂。

常　贵 （把一件大褂递过来）穿上点吧，二少爷。

唐茂盛 （不屑地披上大褂，下）

唐茂昌 （无精打采地）搭桌子。

〔几个客人从小单间里出来，都有些醉。

客　甲 （争抢着）四哥，账我付。

客　乙 怎么着？看不起你四爷，一进门我就说了，我的东！

客　丙 （掏出一把钱塞给常贵）算账。

客　乙 （一把按住）不行！

常　贵 几位爷好义气！天子归位，连天好戏，几位明天还来，听完戏还是我这儿喝酒，轮流坐庄，怎么样？

客　甲 听堂子的，今天四哥，明天该我！

常　贵 好嘞！一共两块二毛六。账到柜，慢走！

〔几个人说笑着下。

〔几个徒弟把一张桌子摆在厅堂里，桌上放着账簿、笔砚、算盘。

〔幕内，唐德源和二儿子吵起来，唐茂盛气呼呼地上。

唐茂盛 不愿意看见我？我还不愿意回来呢！别把我逼上五台山！

唐德源 （追上）远远儿地走，唐家三代正经买卖人，不缺你这样的！

〔众人劝住。

唐德源 （气呼呼地）结账！

〔唐家兄弟坐在桌子后面，唐德源靠在旁边的一张太师椅上。

唐茂昌 （向王子西）叫吧。

王子西 （打开账簿）都在二院候着，不叫的不许进来。常贵！

常　贵 （走到桌前）

唐茂昌 （翻翻账）常贵，这半年，你干得不错，按说该多分点，可眼下柜上手头紧，你是庄子里的老人儿了，拿一成零钱吧。

常　贵 （动了动嘴，欲说又止）唉。

唐茂昌 常贵，你有借支啊。五月你老婆病借三十，后来你五小子病又借二十，加起来就是五十，刨去借的，你还欠柜上二十块。

王子西 （在唐茂昌身边说了些什么）

唐茂昌 听说你家人口多，手头紧，可柜上也紧，容你半个月，下月还清。

唐德源 分三个月还吧。

常　贵 谢谢老掌柜。

唐茂昌 （瞥了父亲一眼）下一个。

王子西 先叫成顺吧，大罗还没回来。

成　顺 （站在桌前）

唐茂昌 这半年干得不错，送你大洋十块。（看看成顺的表情）不少了，别的饭庄子学徒的哪有零钱花，你得知足。

成　顺 我知足。

唐茂昌 钱在柜上存着，别乱花，什么时候用什么时候取。下一个。

〔罗大头上，他吸足了烟，劲头不一样。

罗大头 掌柜的，该我了是不是？

唐茂昌 （例行公事）你这半年干得不错，该多分点，可柜上欠着账，拿不出多余的钱来，大家都得担负着点。

罗大头 （讨厌绕弯子）明说，你给多少吧？

唐茂昌 一成五。

罗大头 （顺手抄起烤鸭子的杆子，连上边钩着的鸭子一块扔

出窗外）您另请高明吧！（掉头就走）

王子西　大罗！大罗！

唐茂盛　（不受这个）拿糖是不是？我还是不吃这一套，要走你就走！

唐德源　（喝住儿子）大罗，你回来！

罗大头　老掌柜，你早晚耽误了这份买卖！（下）

唐德源　账先不结了！（对伙计们）你们先去吧。

〔场上只剩下父子三人。

唐茂盛　不就是抢出来这么块匾吗？有功似的！全是您和我爷爷惯的。摔掌柜的，他也太……

唐德源　你住嘴！把账给我。

唐茂昌　（递过账簿）

唐德源　我问你，这半年透支多少？红利多少？结余多少？

唐茂昌　账是王子西算的，我看了，没记住，大概是……

唐德源　（打断，对唐茂盛）你说。

唐茂盛　（索性地）大哥看了，我没看。

唐德源　一笔糊涂账！你们就这样当掌柜的？你们这是存心要把祖宗留下的这份产业糟蹋喽！

唐茂昌　爹，您也病着，犯不着发这么大的火，说实话，我们俩各有所好，就是不愿意伺候这些个鸭子。

唐德源　混账！说话不摸摸脑袋，你们哪个不是吃鸭子饭长大的！你爷爷十四岁进京，两条板凳支一块案板起的家。买下这块地那年，正好生了你，爷爷给你起名叫茂昌，为的是咱们唐家祖祖辈辈守住这份家业。

唐茂盛 谁也没说把福聚德给卖了。

唐德源 你别说话！看看你那样儿，你妈就是生你落下病死的，不如不要你这个孽障。

唐茂盛 嗬，您这话也太绝户了，没有我您活不到今儿。

唐德源 你这个不孝顺的东西，你给我走！

唐茂盛 我不孝顺？！您看看！（一把撸起袖子）这是什么？（胳膊上有一条伤疤）"割股疗亲"，大哥你唱的戏里头有吧？那是假的，这是真格的！上回爹久病不起，是我割了这儿一块肉，放在您的药锅里，您才好的。

唐德源 （睁大了眼睛，说不出话来）

唐茂盛 明白了吧？我的肉当药引子，您喝了病才好的。

唐德源 （忽然一阵恶心，大叫一声，大口大口地呕吐起来）

唐茂昌
唐茂盛 爹，爹！

〔众人上，有的捶背，有的掐人中。唐德源依然呕吐不止，人渐渐支持不住了，众人都慌了手脚。

唐德源 （断断续续，声音微弱）子西——

王子西 我在这儿，掌柜的，您得挺住了，大夫这就来。

唐德源 （挣扎起来）我，不要大夫，去，快去请、卢、孟、实……

唐茂昌 （惊诧）卢孟实？那个唱小生的?!

——幕落

第二幕 一场

时间 三年后。

地点 福聚德。

在福聚德三间门脸的地皮上起了一座大楼。楼下的敞堂还是当初的样子,舞台左侧搭起一道楼梯,登梯上二楼是呈冂形的十余间单间雅座,每间窗棂上都雕着花,有的还没来得及上漆,露着白木碴儿。新油的门柱,上灰勾缝的砖墙,四白落地的厅堂,挂在正中的金字老匾,十分气派。

〔幕启。清晨,福聚德的伙计们还在酣睡。王子西上。

王子西 起,起,天都大亮了。

〔伙计们从各个角落里爬起来,罗大头从楼上的雅座出来,伸着懒腰。小福顺把自己捆在柜台上,怎么也起不来,急得直叫。

福　　顺　成顺师兄，快点帮我解开。

王子西　等等，我说你干吗哪？

福　　顺　柜台太窄，睡着就往下掉，我就——

王子西　花花点子还不少，把这脑筋往学买卖上用点，你就阔了。给他解开。

福　　顺　（一骨碌爬起来，规规矩矩地站着）

王子西　还不赶快干活，叫二掌柜看见，马上让你"打回封"。

〔伙计们忙活着把被褥抱进里间，扫地、捅火、挂幌子……

王子西　（照例吩咐）今天新楼头天上座儿，都精神着点儿，晌午没订座，晚上大掌柜拜师学艺，十四间雅座都换大席面——（看见成顺从后面提溜活鸭子）留神它叫唤，二掌柜还没起哪！

罗大头　哎，搅了卢二掌柜的鸳鸯好梦，马上叫你小子"打回封"，走人。

成　　顺　您瞅！（鸭子头夹在腋下，一只手攥着鸭嘴）

罗大头　（对王子西朝后院眯眯眼）那小娘儿们昨晚上又没走。

王子西　（笑笑）你少管闲事。（继续吩咐）挑好的先开四十只，告诉对门元兴楼、泰丰馆，晚上准备四百张荷叶饼，二百个吊炉烧饼，随叫随上要热乎的；赶早去天桥把昨天的炉肉折箩卖了。盯着熬粥、剥葱、砸烂蒜。（分配完活，他照例要去遛早儿、吃点心）

罗大头 三掌柜的，问你个事儿。

王子西 你说。

罗大头 前儿个来试工的那个厨子李小辫儿，今儿晚上来不来？

王子西 来呀，二掌柜说了，咱们而今起了楼了，是正经饭庄子，"鸭四吃"太老套了，得添热炒。

罗大头 听说，赶明儿提他当灶头？

王子西 （连忙回避）这事我可不知道，聘工请人的事归他。福顺，看住"抓彩"的匣子，不吃饭不许抓。

罗大头 （火上来了）弄个"跑大棚"的二流子货跟我争，你们可留神我耍刺儿！

王子西 这两天二掌柜的正为盖楼欠的债犯愁，你可别找不顺当。

罗大头 我举荐的卢二群，地道"荣成帮"、"抓炒王"王玉山的大徒弟，他为什么不用？

王子西 人家有话，凡是跟他们姓卢的沾边的，一概不用。

罗大头 这就显得他清白了？别让我……

王子西 哟，净跟你聊了，差点误了我的热萝卜丝饼。

罗大头 萝卜，有什么吃头?!

王子西 这你就外行了，好象牙萝卜绵白糖，掺上青红丝，玫瑰桂花蜜，上等猪板油和的皮子，上炉一烤，说是酥心的吧，它馅是整的，说不是酥心的吧，入嘴就化，去晚了就吃不上热乎的啦!（边说边笑着下）

罗大头 老泥鳅! 福顺，买炸馃子去。

成　顺 （机灵地端着热油条上）师傅，刚出锅，脆的。

罗大头 （边吃边琢磨）李小辫儿，还他妈的梳小辫儿!

成　顺 （捧着一碗豆浆递上来）听说这老头子倔着呢，说死也不铰。

罗大头 八成是辫子兵逃跑那年，大街上捡的。（大笑）

福　顺 （煺着鸭毛）人家说他会做"满汉全席"。

罗大头 吓，胳肢窝里夹菜刀，跑堂会的，什么好货! 也就是他——（往后一指）请来当爷爷。我告诉你们，要是跟这路货学走歪了，这辈子甭想出头。你听见没有?（用手指重重戳一下福顺的额头）

福　顺 （被戳得差点摔进热水盆里）哎哟!

常　贵 （提开水壶上）叫唤什么? 不懂规矩!

福　顺 （委屈地）不是我……

常　贵 又嘴硬，昨儿的事，二掌柜还没问你呢!

〔一个衣履整洁的小后生上，手里抱着一精巧的竹筐，里面装着整枝的晚香玉。

后　生　大爷，您柜上订的花，给您送来了。

罗大头　这儿除了鸭子就是老爷儿们，没人要这个。

后　生　没错啊，肉市福聚德……

常　贵　（想起）许是玉雏儿订的，你等等，我问问去！（下）

后　生　（端详着大楼）大楼起得不赖呀，还带抓彩哪。（伸手）

福　顺　哎，你吃饭吗？

后　生　嘀，抓个粉盒儿、腿带的，我还没地方放呢。

〔玉雏儿随常贵上。

玉雏儿　小生子，你来了？

〔这个玉雏儿，人生得并不漂亮，但眉目间透着一种妩媚，一股聪慧；一身月白纺绸袄裤，清素淡雅中透着俏丽。

后　生　晚香玉给您送来了，您瞅瞅，七个须，八个瓣儿，多大朵儿。

玉雏儿　（拿起一枝闻闻）嗯。

后　生　这对玉兰花，是我们掌柜的特意挑出来的，送您闻香。

玉雏儿　（别在胸前）替我谢谢你们掌柜的。（掏出一个红封包）这你拿着。

后　生　您又给钱，谢谢您。(下)

玉雏儿　福顺，先养在水盆里，晚上一个桌插五枝，有黄叶儿记着掰下去。(四周看看)楼上门帘还没挂上？

常　贵　照您说的，浆去了，一会儿就送来。

玉雏儿　(欲上楼)

常　贵　这有卢掌柜的一封信，您给带去吧。福顺，跟玉雏儿姑娘上去看看还有什么不齐全的地方。

〔玉雏儿、福顺上楼，下。

罗大头　嚄！成内掌柜的了，弄什么晚香玉，一股"窑子"味儿。

常　贵　你别看不起人，八大胡同的"堂子菜"在北京也是一绝。

罗大头　别让她吹了，白送我都不吃。

常　贵　你也太金贵了，宫里头的大阿哥吃了都叫绝，所以才送了她这个诨名叫玉雏儿，那意思是比宫里的御厨儿不在以下。

罗大头　福聚德算是发了，弄个婊子掌内柜，请个"跑大棚"的当灶头。常头，下半晌那个什么小辫儿就来了，咱爷儿们给他点颜色儿看看。

常　贵　(倒着开水，声音不大，却有分量)你手里又富裕了，是不是？

罗大头 自从他卢孟实掌二柜,我大罗够服帖了吧?他怎么老瞅不上咱爷儿们?

常　贵 就瞅不上你这个吃、喝、抽、赌、吹的习性。

罗大头 嘿!"勤行"里的大厨子哪个不这样?

常　贵 说白了吧,卢二柜就怕干咱们这行的让人瞅不起。

罗大头 瞅得起又怎么样?!他爸爸不是让玉升楼的掌柜给……

常　贵 大罗!你嚷什么?不要饭碗了?!(解下围裙)

罗大头 你上哪儿?

常　贵 昨儿发的卖鸭血钱,家里头的在外边等着,小五又病了。

罗大头 你这一辈子就给那窝小的奔了,长大哪个也不孝顺你。

常　贵 指他们孝顺?我尽我的心吧。(下)

罗大头 成顺,李小辫来了,你先给他个下马威。

成　顺 哎!我就说我师傅是福聚德的顶梁柱子,名厨驼背刘的徒弟,御膳房烤炉孙老爷子的正宗。

罗大头 (满意地)嗯,他要问是哪派呢?

成　顺 什么哪派?

罗大头 傻了不是?!厨子分两派,一是大帝派,讲究色、香、味、形,文火细烧,原汁原味;一是菩萨派,讲究小打小敲，急火短炒，油重味浓，实惠造福。

福　顺　您呢？

成　顺　（机灵地）还用问，当然是大帝派。

罗大头　嗯，詹王大帝。

福　顺　不懂。

罗大头　就他妈的懂吃！说的是老年间，三皇五帝那会儿，有一天皇上山珍海味吃腻味了，把厨子头詹大叫上金殿来，问他天下什么东西最有味，詹大连想也没想，张口就说，盐最有味。皇上一听就急了，一拍惊堂木："废话！这是戏弄本宫，拉下去砍了！"

福　顺　杀了？！

罗大头　杀了詹大，御膳房的三千厨子可不干喽，大伙捏咕好了，打那天起，谁炒菜也不放盐。皇上吃了不到两天，就认可了，天下真是盐最有味。为了给冤死的詹大出气，厨子们叫皇上让位七天，尊詹大师傅为詹王大帝，"詹王"就是咱们厨子供奉的祖宗，打那……

〔卢孟实暗上，他见所有人又在听罗大头神聊，心里不满，咳嗽了一声。这一声很起作用，所有的人都立时忙活起来，连罗大头也拿起一根烤杆儿，漫不经心地端详着，嘴里解嘲地哼起了小调儿。

卢孟实　（两眼在店里一扫，顺手在烫鸭毛的木盆里沾了一下）这是烫鸭子的水吗？兑开水！

〔成顺提起一壶开水兑进去，木盆里腾起热气。

卢孟实　（对福顺）下手。

福　顺　（把手下到滚水盆里，马上又拿出来，抬眼看看卢孟实，又第二次放下去）

卢孟实　（厉声）再兑！下手！

福　顺　（咬着牙再次把手下到水盆里，很快烫得把手抽回来）下不去了。

卢孟实　下几把了？

福　顺　三把。

卢孟实　三把鸭子，两把鸡，记住喽！（接过成顺的毛巾擦干手）福顺，昨儿个，鸭子是你送的吧？

福　顺　（连忙解释）我没送错，西总布胡同65号，吴……

卢孟实　一句一句的，讲清楚了。

福　顺　昨天晌午十二点，三掌柜让我往西总布胡同65号送两只鸭子，我到那儿一看，是个大杂院，笼屉里蒸的窝头都是杂色的。我挨家问哪位吴太爷要鸭子，那些人直拿眼翻我，有个小子，说我是成心寒碜人，动手要打我。

卢孟实　实话？

福　顺　我要是说瞎话，天打五雷轰！

卢孟实　请三掌柜的来。

罗大头　这会儿啊，八成刚出致美斋。

〔王子西提着一个小红蒲包，匆匆上。

王子西　（知道自己回来晚了，讪笑着）就为等这炉热萝卜丝饼。孟实，你瞅瞅，跟六国饭店厨房里的小六角瓷砖似的，都连着个儿哪，尝尝。（递过去）

卢孟实　（不喜欢这套）我吃早点了。

王子西　留俩给玉雏儿姑娘啊！

卢孟实　（更不喜欢这种不合场合的玩笑）昨天送鸭子的电话是你听的？

王子西　是，听得真真的。声音挺年轻，说话文绉绉的。

卢孟实　这就怪了，你说没听错，他说没送错，这两只鸭子怎么下账？

王子西　肉烂在锅里，不是没糟践吗？

卢孟实　（拿起算盘）送鸭子的脚钱，烤鸭子的工钱，没卖出原价的损耗钱，加一块儿是四块六毛七。我这人不藏着掖着，柜上起大楼欠着一笔子债，该算计的就得算计。

王子西　（闷声不语，脸耷拉得老长，嘟囔着）谁家的小王八蛋在这儿捣乱……

〔玉雏儿自楼上下。

玉雏儿 得了，得了，这账归我出。子西大哥，楼上有两扇窗户没钉结实，您看看去。

〔王子西下。众暗下。

卢孟实 以后额外的账都归你出。

玉雏儿 （一笑）把人都得罪光了，坐上"轿子"也没人抬你。（打开手绢，把一块玉佩递给卢）

卢孟实 怎么在你这儿？（接过）

玉雏儿 你掉在床底下了。

卢孟实 （抚摸着玉佩）昨晚上怎么也睡不着了，想起小时候，娘为我买这块轿子形的玉佩，走遍了卢家营大集，我却拉着娘，哭着要吃榆钱糕……

玉雏儿 如今总算没让老人家白为你操心。

卢孟实 可惜他们都没活到今天，爹死在人家秤砣底下……

玉雏儿 （怕惹卢伤感，岔话）门口那副对子想好没有？

卢孟实 我托人请修二爷写去了。哎，我说，我把这个修鼎新请来当"瞭高儿"[①]的好不好？

玉雏儿 （拾掇着柜台）怕他拉不下脸来。

卢孟实 克家抄了家，他连嘴都混不饱，还顾得上脸？哎，

---

① 旧时称门迎为"瞭高儿"。

我想把楼上这些雅座都起上名字，按次序，什么"一帆风顺""五子登科""六六大顺"……

玉雏儿 （笑嗔地）盖楼的钱还没还上，又出幺蛾子，今天可是钱师爷要账的日子。

卢孟实 （望望四周，耳语）

玉雏儿 小心别露馅儿吧！

卢孟实 我叫你包的银包呢？

玉雏儿 （朝柜下努努嘴）

卢孟实 还挺像。

玉雏儿 你可真胆大。

卢孟实 不胆大，敢勾引八大胡同的人尖儿？（拿起玉的手）这金戒指不好看，明儿我给你打个翠的。

玉雏儿 （抽回手）别嬉皮笑脸的，谁知道你是真的还是假的？

卢孟实 我起誓……

玉雏儿 得了，不怕你老婆找了来？

卢孟实 我休了她。

玉雏儿 她要是给你生个一男半女呢？

卢孟实 瞅她那丑样儿，生出来也是个怪物，我不要，（伏在玉雏儿耳旁）我等着你，你得给我生个儿子……

玉雏儿 去！（把信交给卢）刚来的。

卢孟实 我不看。

玉雏儿 万一有什么事呢?

卢孟实 （漫不经心地看信,渐渐激动起来）这丑八怪还真生了……真生了个儿子！我有儿子啦,你看。

玉雏儿 （妒忌、羡慕交集）是吗?!

卢孟实 （兴奋地）常贵！告诉灶上,晚上添俩好菜,我出账,我得儿子啦！

常　贵 这可是大喜！那年我得小五儿,还请了三桌哪,二掌柜,这得摆席请客呀。

卢孟实 请,我请你们坐席吃八碗。玉……（这时才发现玉雏儿不在了）

王子西 走了。

卢孟实 （笑着摇摇头）

常　贵 二掌柜,全赢德知道咱们大楼头天上座儿,他们减价二成。

卢孟实 哦?子西兄,开张抓彩的广告你登报了没有?

王子西 没有,我老觉得饭庄子抓彩头,不对劲。

卢孟实 嘿！常头,你说行不行?

常　贵 头年,泰丰楼开张倒也这么干过。

卢孟实 常头,你看住门口儿,有要紧的主顾千万拦过来。

常　贵 放心吧。刚才当家的说,多亏昨儿个您派人给家里头送钱，要不小五就烧坏了，常贵这辈子感激不尽。

卢孟实 孩子缓过来没有？

常　贵 已经不烧了。柜上也不富裕，这钱我一准还上。

卢孟实 （一摆手）欠债归欠债，该花的就得花，常头，你对福聚德有功。李小辫来了吗？

常　贵 在后院候了多时了。

卢孟实 成顺，去把罗师傅换下来。

〔李小辫上。他五十开外，干瘦精明，脑后边垂着一条细小的辫子。迎面碰上罗大头，欲打招呼，罗不理，大模大样地坐到正当间。

卢孟实 这是新来的李师傅，今晚上掌灶，厨房里的事由李师傅支配。灶上的事归大罗。常贵，你把晚上的菜唱唱。

常　贵 （清清嗓子，有板有眼，如钢板剁字）拌鸭掌七寸、七寸糟鸭片，卤生口七寸、七寸鸡丝黄瓜，炸瓜枣七寸、七寸糟熘鱼片，清炒虾仁七寸、七寸油爆肚仁，烩两鸡丝中碗、中碗烩四喜大扁，烩什锦丁中碗、中碗烩"总理各国事务衙门"。

李小辫 劳驾，您把后边这菜再唱一遍。

常　贵 烩"总理各国事务衙门"，时新菜名，就是大杂烩。

李小辫 噢，杂烩。

常　贵　三掌柜，鱼到了吗？

王子西　养在影壁前头木盆里。

常　贵　（接唱）干烧活鳜鱼两尾，扒鱼唇三斤两盘盛，葱烧海参三斤两盘盛，汤烧肘子两大个，鸭骨熬白菜两出海，什锦八宝豆泥，三不粘，带四鲜果、四干果、四蜜果、四看果，进门点心，干品碟儿。齐了！

卢孟实　烧鸭子每桌两只，荷叶饼、烧饼、小米粥随叫随上。爷儿们桌加"老虎酱"，女客桌上绵白糖。今晚上给大掌柜的拜师学戏，来的都是梨园行的名角，大伙好好干，我向东家要赏。福顺，给我开饭。（下）

李小辫　（系上"二尺半"，到大木盆前边捞起一条活鱼）

罗大头　（阴阳怪气）鳜鱼有十二道刺儿，就是十二属相，万一被本命的那道扎着了就得玩儿完。

李小辫　（把鱼往地上一摔，鱼被摔死）会拾掇的，不能让它扎着！

罗大头　听说过吗？宫里头挂炉烧鸭子的孙老爷子，是我师傅。

李小辫　（不动声色）当今宣统皇上的御厨是我师兄弟。

成　顺　（上）师傅，鸭子该"燎裆"了。

罗大头　（大喝）拿烤杆儿来！

　　　　〔罗大头托起檀木烤杆儿，从鸭架上轻轻一挑，挑起一只生鸭坯,鸭背朝着烤炉,快手把杆儿向上一抬,前手往右一拧,挂钩倾斜,悠着劲往炉膛里一送,鸭身荡起,飘过火苗儿,稳稳当当地挂在炉子的前梁上。

〔看着的徒弟不觉叫起好来,罗大头满脸得意。

〔李小辫"唰"地从怀里抽出一块红绸子,"哗"地铺在切冷菜的案垛子上,从柜里拿出一块清酱肉,"当、当、当",手起刀落,肉切成薄片,倒成一个月牙形。李把肉片摆进碟子,托起红绸,鲜红的绸面上,连个肉渣儿都没有。

〔众人不禁赞叹。

罗大头 (不屑)绸面切肉,天桥的把式。"满汉全席",会吗?

李小辫 玩过几回。

罗大头 多少菜式?

李小辫 一百零八样。

罗大头 为什么取一百零八样?

李小辫 三十六天罡,七十二地煞,天上地下无所不包的意思。

罗大头 特色呢?

李小辫 冷、热、甜、咸、荤、素六样;寿酌不用米饭,喜酌不用桃包。(白了一眼大罗)其实也是百里搭席棚,中看不中吃的玩意儿。

〔罗大头正要借机兴起，一个宫里打扮的人飞奔而至。

宫　　差　谁是掌柜的？宫里包哈局的执事到了，快点迎着！

王子西　快去请掌柜！

常　　贵　大少爷上蟠桃宫赛车去了，请二掌柜的应酬吧！

王子西　你们都先回避。(众人下)

〔卢孟实边穿马褂边上，飞迎上刚进门的大执事。

卢孟实　(行清礼)给大执事请安。

大执事　免了。嚄，什么时候楼都盖好了？老掌柜的呢？

卢孟实　老掌柜唐德源过世了，我是福聚德的二掌柜卢孟实。

大执事　明天宫里头要用鸭子。

卢孟实　是。

大执事　二十只，午时三刻从西华门进宫，先交包哈局验查，再送御膳房。

卢孟实　是。

大执事　有腰牌吗？

卢孟实　有。

大执事　叫送鸭子的带好腰牌，千万不能误了时辰。

卢孟实　您放心，保险误不了。(双手奉茶)

大执事　(喝了一口，打量卢)哪儿人哪？

卢孟实　山东荣成大卢营。

大执事 乡下这两年好吗?

卢孟实 倒是不愁吃喝,大执事想到乡下玩玩?

大执事 万一冯玉祥再往宫里扔炸弹,咱们也得找个去处啊?

卢孟实 您真会说笑话。

大执事 这可不是笑话,哪天紫禁城不叫住了,我就先奔你这儿,好歹是本行。(呷了口茶)昨天你们是不是接了个电话,让往西总布胡同送鸭子?

卢孟实 我们马上就送了,可没找着人。

大执事 上哪儿找人去,是皇上打着玩的。

王子西 哟,敢情是皇上,我还以为是谁家小……(忙自己打嘴巴)

大执事 这俩银锞子,算是内务府给你们的赔偿。

卢孟实 这可不敢当,皇上通过的电话,我们马上摆香案供起来。

大执事 (悻悻地)民国了,没那么多说头了,咱们回客。

〔几个民国士兵迈着僵硬的步伐上,后边跟着总统府侍卫处的一个军官,常贵跟着。

常 贵 王副官,您怎么往全赢德去哇,您不照顾我们了?

副 官 你们这儿太贵!

常 贵 贵人吃贵物,东西好哇!

卢孟实 就为您，我特意请了一个大厨子，原来同合居的头份红案。

副　官 我就听你这张嘴，就饱了。（发现大执事）这位——

卢孟实 （小声）宫里包哈局的大执事。

副　官 哦？

〔大执事正在琢磨怎么和这位政府官员打招呼。

副　官 （朝大执事行了个军礼）您好！

大执事 啊，您好！（却不知该怎么还礼）

副　官 您别动。刚才那个礼是民国的，这个才是奴才我的。（说着按清礼请安）

大执事 （就势扶住）快免了吧。

副　官 当今"上边"好？

大执事 好。徐大总统好？

副　官 好。徐总统最尊重大清，常对我们说，我们是为当今幼主摄政的。

大执事 您太过谦了。如今皇上也崇尚共和，前几天还召见了洋派大博士胡适，还亲口念诵了他的七言绝句，（用读四书五经的腔调）"匹克尼克来江边"，这位老爷的诗，称得上是满汉加西洋啊！

〔两个人都不自然地笑起来。

大执事 您执公，咱们回客了。

卢孟实 送大执事。

〔大执事等下。

副 官 你跟他挺熟?

卢孟实 宫里常用我们的鸭子。

副 官 你跟他给我要一个宫里的物件,行不?

卢孟实 我哪儿有那么大的面子呀!

副 官 大总统他们要的那些咱要不起。什么皇上写废的字啦,闻过的鼻烟啦,都行,清室一完,这些就都成古董了。

卢孟实 您脑子真好使。您再试试您这手气好不好吧。(对人)请玉雏儿姑娘来!

副 官 弄些针头线脑的糊弄人,我不抓。

卢孟实 您试试。

〔玉雏儿换了衣服,笑容满面地捧起彩票。

副 官 (不经意地抽了一张)你那点儿心眼我都明白。

卢孟实 (接过彩票一转身,迅速做了手脚,惊异地大叫)哎哟!

副 官 怎么啦?

卢孟实 可了不得,您抓了个金戒指!

〔众人愕然。

副 官 (喜出望外)真的?

卢孟实　我还能骗您?！玉雏儿付彩。（朝玉雏儿使了个眼色）

玉雏儿　（会意，反身把手上的戒指用力褪了下来）

副　官　我手气就是好，昨晚上"打四圈"，两把都是自摸。

卢孟实　您要走运，您瞅我这楼，八抬大轿的形儿，您要在这儿再请几桌，还得高升。

副　官　好！就借借你的福气。今晚上总统府六桌，下礼拜侍卫队给我订四桌，九月初四总理老太太生日走堂会，干脆也是你们来吧！

卢孟实　（记下）好嘞！

副　官　今晚上请的是段祺瑞的侍卫长，这可有关军机大事，侍候不好就得找碴儿干起来。

卢孟实　您别吓唬我。

副　官　前边都干上了，光同仁堂的三七止血散，我们就赊了好几担了。

卢孟实　会不会打到北京来？

副　官　没听人说吗？前边吃紧，后边紧吃，打进来也碍不着你。我走了。（下）

王子西　（不满）都照这么抓，三天就得关门。

卢孟实　玉雏儿呢？

王子西　回胭脂巷了。

〔钱师爷带着要账的人上。每人手里都拿着要账的蓝布札子。

钱师爷 二掌柜，二掌柜，我们又来了。

卢孟实 您准时，这几位……

钱师爷 这位是六必居的，那位泰丰楼的，全恒钱庄的……

卢孟实 （不等听完）原来都是贵客！成顺，沏几碗好的来。

钱师爷 二掌柜，咱们今天不兜圈子，痛痛快快怎么样？

卢孟实 您说怎么办吧？

〔一个脚夫上："掌柜的，您这儿的洋面到了。"

王子西 我们这儿没买……

〔几个巡警上："掌柜的，我们来了。"

卢孟实 来得正好，几位辛苦维持着点闲杂人等。往里搬！

王子西 （不解）你什么时候买面了，怎也不……

卢孟实 （拉住子西）小心着点，要是掉包、裂口，撒了我的面，我可一个子儿也不给。

〔脚夫们把一袋袋面扛进福聚德内。巡警们虚张声势地吆喝着。

卢孟实 （拿起算盘）奎祥木厂子盖楼的钱还欠六百加一月七厘六的利，这是……

〔几个要账的人光顾着看洋面。

钱师爷 这面便宜？

卢孟实 福聚德没进过便宜货。官价，两块大洋一袋。

要账人 您买这么些干什么？

卢孟实 穷修门面富修灶啊。（继续打算盘，不小心碰掉一个银包，钱滚了一地）

钱师爷 二掌柜，买卖做得不赖啊！

卢孟实 过得去吧。上午宅门富商，下午衙门贵胄，这不，晚上总统府六桌，下个月总理老太太在这儿做寿，人都要累散了。

钱师爷 你可给福聚德赚大发了。

卢孟实 （体己地）买卖是人家老唐家的，我不过是替买看吃，就拿几位这段公事来说吧，依着我，一笔清，福聚德还在乎这点儿。

众要账的 那是、那是。

卢孟实 东家不干哪！换句话说，分月支取也有好处。几位柜上多得一份，我也好向东家交代，不过是几位多跑两趟。钱师爷，您是我们这儿的老中人了，您说，每月您来，我怎么样？

钱师爷 凭良心，卢二爷够朋友，可咱们行里有句老话：内怕长支外怕欠，了了账，您心里也清净不是。

卢孟实 我姓卢的做买卖，讲究的是个"信"字，如果今天几位逼我一笔了清，我砸锅卖铁也成全各位。可一样，往后咱们再不来往，福聚德不订各位的货，各

位也别来我这儿揽买卖。几位是看眼前,还是看长远,几位自己掂量。(不再理会,指挥抬面)

〔几个要账人互相交换了一下眼色。

钱师爷 卢二爷,买卖不成仁义在,您先别上火,咱们谁跟谁,还不是给人家跑腿。

卢孟实 (不置可否)

钱师爷 这么着,卢掌柜的今天也忙,你们几位回去再跟各位柜上商量商量,您听话儿。

卢孟实 也好。给几位带上鸭子,挑大个的。(要账人下)钱师爷,留步。这个银锞子是皇上刚派人送来的,您做个念心儿吧。

钱师爷 (见钱眼开)这些事你交我了,福聚德开这么大的买卖,得让他们上赶着。

卢孟实 拜托了。

〔钱师爷下。

卢孟实 (一下子坐在太师椅上,长出了一口气)

王子西 我说,你借印子钱了吧?

卢孟实 你过来。(耳语)

王子西 (惊诧已极)啊?!我的妈,我这腿肚子直转筋。(腿一软,坐下)

卢孟实 (大笑)我不是跟你说过吗?愣堵城门不堵阴沟!你

支应着点儿，我去趟胭脂巷。（一身轻松）

〔卢孟实下。

王子西 （越想越后怕）常贵。

〔常贵上。

王子西 留神点门口，我得躺会儿去。（下）

〔常贵坐在门口补围裙。寂静，听得见几声小贩的吆喝声由近而远。克五溜进来，他早没了当初的威风劲儿，一件绸大褂儿破了几个三角口子，鞋也塌了帮。

常　贵 （听见动静）谁？

克　五 常巴儿，还认得五爷吗？嚄，大楼起得了！你们老掌柜想了一辈"轿子"，到了儿没坐上。

常　贵 是您啊，您找谁？

克　五 不找谁。（在店里寻摸着，眼睛溜过架子上的鸭子，咽了口唾沫）吃饭。

常　贵 吃饭？

克　五 怎么着，瞅不起我克五？甭瞅我们家犯了事，破船上还有三千钉哪！

常　贵 要不怎么说瘦死的骆驼比马大呢。

克　五 当初你们请都请不来你五爷，我在哪家馆子里吃一顿，立马能招十桌人。我们家吃饭的碟子都是描龙的。

常　贵　那是。

克　五　皇上用五爪龙，王爷用四爪龙，七品以上只能用三爪，你知道我们家用几爪的？

常　贵　您家一定用的是五爪的，要不怎么能触犯龙颜，抄家没产呢！

克　五　常巴儿，你小子是聪明！你猜猜，昨天我找着什么啦？

常　贵　金条。

克　五　比那东西实惠。(从怀里小心地掏出一张纸)你们福聚德的鸭票子！

常　贵　这东西自老掌柜去世我们就登报作废了。

克　五　(急)什么?! 这上边白纸黑字写着："凭票取大烧鸭子两只"，有你们的大印。

常　贵　有什么也没用，废了。

克　五　嘿！这是大爷花了银子买来的，银子废不废？

常　贵　那会儿的银子，今天只能买一只鸭腿子。

克　五　(撒赖)那不行，今儿这鸭子我吃定了！

〔唐茂昌上。

唐茂昌　福子，把骡子牵到鲜鱼口去遛遛，让它落落汗。

常　贵　(忙站起来)大掌柜回来了，哟，怎么弄这么一裤管子土呀！福顺，快拿掸子来。

〔成顺、福顺上，围着唐茂昌忙活。

常　贵　今天蟠桃宫的跑马赛车热闹吧？

唐茂昌　敢情，全是行家，涛贝勒、肃王爷、乐家五少爷。最出彩还是余振庭余老板，一下趟子就是碰头好，那精神，黑缎子小帽，梅花鹿皮坎肩，下身是皮套裤、锦帮靴、荷叶袜子带花边，中间一条搭膊，系得不松不紧，往马鞍子上一坐，嗒嗒嗒嗒，马蹄磕马蹄，跟戏台上唱快板一样，嗒嗒嗒、嗒、锵！真帅！

克　五　您来的是赛车吧？

唐茂昌　您看见啦？

克　五　您执鞭，名老生小叫天跨沿子。

唐茂昌　（来了精神）您看还行吗？

克　五　就是那匹骡子装扮得差了点。

唐茂昌　（十分重视）噢，您说！

克　五　讲究骡子前脸挂苏子，苏子上头穿珠子，跑起来嘀嗒带响，有个说头叫"蹄踏碎玉"。

唐茂昌　（佩服地）行家！您往下说。

克　五　当年，我爷爷执鞭，谭鑫培跨沿子，一路响鞭响铃，八面来风！

唐茂昌 （羡慕至极）噢?！这位爷府上是——

常　贵 （耳语）……

唐茂昌 噢，敢情是克家公子，失敬。

克　五 而今可不比当初了。

唐茂昌 想当初秦琼卖马那阵，他还不如您哪！您想他往荒郊一站，唉——（唱）"不由得秦叔宝两泪如麻，提起了此马来头大，兵部堂王大人相赠咱，遭不幸困至在天堂下，欠你的房钱无奈何，只得来卖它——"

克　五 唐大爷这两句髯口真有点余派的味。

唐茂昌 （兴奋）是吗？克家公子要是没有要紧事，到后边咱们好好聊聊。

克　五 事嘛，有一点儿。您看，这是您柜上发的鸭票子，常巴儿他说什么也不给我。

唐茂昌 为什么不付给五爷？

常　贵 大少爷，这鸭票子咱们早登报作废了。

唐茂昌 对了，我忘了。这么着吧，就付五爷这一份，下不为例。

常　贵 大少爷，这口子可开不得。

〔福子跑上。

福　子 大爷，车在门口等您去看行头，您倒是快着点呀。

唐茂昌 着什么急，也得容我把靠卸了，换上褶子！（欲下）

克　五　哎，唐大爷，我那鸭子……

唐茂昌　嗨！（接唱刚才的最后一句）"摆一摆手儿，你就牵去了吧。"（下）

克　五　（得意）听见没有？赶紧伺候着！常巴儿，我吃一只，带一只，那只鸭架桩给我送家去。（跷腿一坐，耍起公子哥的派头）

〔常贵把王子西拉出来。

王子西　（呵斥）克五！

克　五　（吓得站了起来，见是王子西，又坐下）常巴儿，去泰兴馆给我端碗小米粥，买俩桃儿，要脆的。

王子西　克五，我们的鸭票子早作废了，你赶紧给我走！

克　五　你们东家许下我的！还告诉你，你五老爷不但今儿吃，明儿还来呢，就这样的鸭票子，我们家有一沓子呢！

王子西　（气急败坏）这位大爷，整天不着柜，一回来就添乱。

常　贵　这鸭子说什么也不能给他，许了克五一张，就得招出一千张来。

王子西　孟实也不在，你也不能把他打走啊。（急中生智）对了！我上武术馆找二少爷去，克五是个厌包，一吓唬，准走。（急下）

064

克　五　烤上了没有？大爷我吃了一辈子鸭子，还真不知道是怎么烤出来的。（走向烤炉）嚄，怎么这么热啊？

常　贵　哎，你往哪儿跑啊，烫着！

〔罗大头的呵斥声："躲开，躲开！"上。

罗大头　谁他妈的跑这儿碍事来了?!

克　五　这不是罗大头吗？

罗大头　你还该我俩烟泡呢！

克　五　该你的，还你，急赤白脸地干吗！罗大头，我教你那手儿，试了没有？

罗大头　是比干着抽过瘾，你小子有两下子。

克　五　大爷我拜师傅学过。

罗大头　抽大烟也拜师傅？别吹了。

克　五　你不信？年轻那会儿，我爸爸怕我在外边胡来，染上病，想找个事由把我拴住，就花钱请师傅教我抽大烟。有约在先，如能成瘾，定有重酬。嘿，我还真争气，不到一礼拜我就上瘾了。你们知道克五会吃会抽，没听克五逛八大胡同吧？这都是我爹有见识。

常　贵　您老太爷真是"教子有方"。

克　五　师傅说，抽烟有三大好处："却小病，伴寂寞，助思考。"罗大头，想学我教你，不收学费，三天让我吃一回鸭子,就全齐了。

〔修鼎新穿得整整齐齐地上。

修鼎新 请问卢二掌柜的在柜上吗?

常　贵 你是——

克　五 (叫起来)修二爷!(扑上来一把抱住)

修鼎新 (不禁唏嘘,但还是推开克五)五少爷,我先把公事了了,咱们再叙旧。请问,钱师爷说您这儿要个"瞭高儿"的?

常　贵 是是,我们二掌柜的没在,您先坐坐。

克　五 修二爷,全完了!咱俩冬天涮羊肉的紫铜锅子让少奶奶卖了铜了,那套吃螃蟹用的木槌、扦子都烧火了,最心疼的是埋在后花园那几坛子"佛跳墙",全让讨逆军挖走了,我光闻了闻味儿,一口没吃着……

〔王子西带二少爷上。

唐茂盛 克五在哪儿呢?克五!你老子协同张勋复辟是当今的罪臣,你不好好改邪归正,整天在烟馆、饭馆闹事,今天二爷要教训你!

克　五 干什么,干什么你?

唐茂盛 把鸭票子给我!

克　五 (不肯)

店茂盛 （抢过来一把撕碎）出去！

克　五 干什么这么厉害？当初你爸爸上赶着叫我"衣食父母"，我还不理他呢！

唐茂盛 （恼火）你再说一句。

修鼎新 （见势不对）五爷，走吧。

克　五 （还嘴硬）我不怕他，他这大楼头一天开张打主顾，就不怕倒霉？

唐茂盛 （大吼一声）把大门给我上了！

〔几个小徒弟高叫着，一片"上大门"的声音。

常　贵 （喝住福顺等人）二少爷，关起店门打主顾，这可犯大忌啊！

王子西 您吓唬吓唬就得了，可不能真打。

唐茂盛 （推开常、王）都给我躲开！克五，有种的你别跑！

〔成顺、福顺摘幌子、上大门。王子西、常贵急得团团转。克五也慌了神。唐茂昌听见喊声也跑出来。

〔卢孟实上。

卢孟实 这是干什么？大白天的上门板！

王子西 你可回来喽！（对卢讲经过）

卢孟实 这可不行！二少爷，当初怡和楼在庄子里关门打人，转年就关了张。再说今天净是来看大楼的人，您就不怕砸了买卖？

067

唐茂盛 我豁出买卖不做了！

克　五 （躲在卢身后）哼，我今天就叫你打，不打你不是人！快来人看哪，福聚德的掌柜的打主顾……

唐茂盛 （一把椅子摔过来）

卢孟实 （用手架住）克五，还不快走，修二爷，拉他走！

〔修等连拉带搡地把克五推下。

唐茂盛 克五！别让二爷碰上你！（众人拉唐茂盛下）

唐茂昌 干什么？不就一张鸭票子吗？给他不就完了。

卢孟实 柜上定了的事不能更改。

唐茂昌 你老有话说。你身为二柜，是给柜上了事的，你倒好，小事了大，大事了上房，我真不知道，这个买卖你是怎么当的家？

福　子 大少爷，该走了。

唐茂昌 这乱子要是出在晚上，我还拜什么师？（谛听）哪儿响啊？

成　顺 二少爷气得在后院打面口袋哪。

唐茂昌 瞅瞅把他气的，这要是……

王子西 （突然想起）哎哟，那面口袋可不能打！

唐茂昌 他不打人，打几下面口袋还不行，多事。（走到柜上把红纸包着的钱拿了一捆交给福子）走！

卢孟实 大少爷，这钱不能拿。

唐茂昌 你要干什么？我爹临终把你叫来，可没说把买卖让给你，福聚德我是掌柜的！福子，拿走。

〔唐茂盛跑上。

唐茂盛 大哥！了不得了，后院的洋面口袋里装的都是黄土！

唐茂昌 （惊愕）黄土?!

卢孟实 大少爷，你听我说……

唐茂昌 （呵斥）反了你们！卢孟实，你等着跟我去见官，茂盛，把钱全给我拿走！

王子西 （着急得红了脸）大爷、二爷，黄土的事我可一点都不知道，全是他……

卢孟实 这银包里装的——也是黄土。

唐茂昌 （失声）啊？（手中银包落地，果然撒了一地黄土）

〔众人愕然，惊恐、疑惑的眼光全部逼向卢孟实。

唐茂盛 （跳起来，吼声如雷）卢孟实——

卢孟实 （急）千万别嚷。成顺，赶紧关大门！

——幕落

第二幕　二场

〔暗转，晚。

〔福聚德内灯火通明，人来人往。

〔楼上雅座里坐满客人，传出磕杯碰盏，说笑谈论的声音。

〔伙计们楼上楼下地忙活着。

〔常贵俨然是此刻的指挥，他机敏、沉着，有条不紊，颇有点大将风度。

常　贵　（向楼上听了听动静，知道客人来得差不多了。走到影壁前边，侧身，向着后面厨房）李师傅，我这是八桌，客全齐了。热菜听信儿冷荤走——

〔福顺等小伙计托着冷盘，鱼贯上场，穿过敞堂，上楼梯，按着常贵的指派，把菜肴分别送进各间雅座。

〔楼下单间的客人招呼算账。

常　贵　（快步上前，撩起门帘）三位，吃好了？一共是三块六毛八。(客气话)我候了吧。(利落地把钱交柜、找钱、送客)外边黑,慢走回见。(把客人赏的小费扔进大竹筒子,趁空儿喝口茶)

修鼎新 这三位瞧着眼生。

常　贵 这几个是"高买",您瞧穿的、戴的,多阔。专住大饭店,下大馆子,瞧准了金银首饰店,进去足买。买完一溜,影儿都抓不着。

修鼎新 你这双眼睛真是不揉沙子。

常　贵 看人也有窍门儿。这么说吧,您看见一堆人在那儿抢球,那准是美国人;一堆人在一块儿洗澡,那就是日本人;您要是瞧见一堆人在一块儿抢着付账给钱,那准是中国人。

修鼎新 (大笑)

福　顺 师傅,酒过一巡了。

常　贵 (向修)我怕您开头站不惯,说个笑话解解乏。(腿脚麻利上楼,站在楼梯口,声音洪亮)拿生鸭子来瞧——

〔小伙计们从鸭架上挑下一只只肥嫩白生的生鸭,用托盘捧着送进雅座。

〔看生鸭子,是老年间烤鸭店的规矩。

〔常贵熟练地托起一只生鸭,轻巧地单手挑起主客桌

　　　　的门帘，侧身把鸭一亮，而后下楼。他下楼不踩台阶，顺着阶沿儿出溜，既快又没声响。

　　　　〔小伙计们也依次把生鸭撤下，送到烤炉。唯独福顺下来最晚，一脸惊慌。

福　顺　师傅！这只让客人写上字啦……

　　　　〔白嫩的鸭身上有个草写的"寿"字。

常　贵　修先生，您看看，这是……

修鼎新　（不以为然地扫了一眼）这是范东坡的字，在鸭身上写字，一是防备你们以小换大，二是考考烤炉的手艺。讲究鸭熟之后，字还在，不走形。

常　贵　噢，告诉大罗，小心这只。修先生，您是行家。

修鼎新　（得意起来）范东坡算什么食客？他跟我吃过一次菊花火锅，便再不敢和我论吃了。

常　贵　（听得新鲜）哦？

修鼎新　常巴儿，你说，涮羊肉……

福　顺　哎，你叫我师傅什么？

常　贵　（宽容地）修先生不惯。您接着说。

修鼎新　涮羊肉的汤放什么才鲜？

常　贵　放点冬菇、口蘑、大虾钱儿。

修鼎新　范东坡也这么说。

常　贵　不对？

修鼎新 "鲜"字怎么写?

常　贵 鱼字边儿加个羊字。

修鼎新 北以羊为鲜,南以鱼为鲜,广和居有道名菜叫"潘鱼",是当今秀才潘祖荫以鱼羊为鲜的道理,用羊肉汤氽鱼片。买鲜活的鲫鱼烧好汤,以它做底汤涮羊肉,那才成全一个"鲜"字。

常　贵 修先生果然高人一筹。您说做火腿必然放一只狗腿在里边,不知道是怎么个道理?

修鼎新 (笑笑)要想甜,放点盐。做菜懂得这个道理,味道一定好。做人懂得这个道理,一世无烦恼。

〔幕后传来炒勺磕锅底的声音。

常　贵 (知是热菜出锅了)预备走热菜!(嘱咐伙计)炸、炒、烹、煎、烩,别乱了次序,李师傅头天上灶,不许你们欺生。去吧。

〔伙计们托热菜上,每盘必先请常贵过目。

常　贵 这是主客桌儿的。梨园行的有位不吃香菜。小生子,把袖子放下来,桌上有女客……

〔李小辫轻轻上楼,掀起门帘,悄悄看。

常　贵 (自一单间出)您找掌柜的?

李小辫 吃得怎么样?

常　贵 总统府要吃咸,梨园行要吃淡,行!

073

李小辫　全仗您提携，改日我另谢。

修鼎新　李三儿，你炒菜不尝底子？

李小辫　（翻了修一眼）你叫我什么？

修鼎新　……

常　贵　他刚来，不懂，您……

李小辫　（不依不饶）掌柜还叫我声师傅呢，李三儿是你叫的？！

修鼎新　你，你凶什么？

李小辫　你不是当初了！别老想着欺负人！

常　贵　李大哥，等您炒菜哪，您看我了。

李小辫　（一摔围裙，下）

修鼎新　（气得手足无措）我不干了，我得走，二掌柜的呢？

常　贵　修先生，干咱们这行，您得学会忍哪。

修鼎新　我修鼎新从座上客成了侍候人的下人，一个下九流的厨子也能斥责我？

常　贵　快别说了，掌柜的就忌讳听什么"下九流"！

〔一个军人从雅座出来，叫人去买烟。

常　贵　酒过三巡，鸭子上炉——

〔几个胭脂巷的姑娘，花枝招展地上。

〔卢孟实自楼上下。招呼姑娘们上楼，两个姑娘围着卢七嘴八舌地说着。

卢孟实 两个女人比一百只鸭子还吵。

姑　娘 （不依不饶）你说什么？谁是鸭子？

卢孟实 客都齐了，快上楼吧！（把她们推上楼）

某姑娘 掌柜的，门口还有"五十只鸭子"哪！

卢孟实 （没听懂，往外就走，正撞上进门的玉雏儿）

〔姑娘调皮地大笑起来，下。

卢孟实 （赔笑）来了。（看看玉雏儿）赔了一下午的不是，还恼？

玉雏儿 门口有辆车，像是余老板的。

卢孟实 他来了。

玉雏儿 你们大少爷真有本事。

卢孟实 还不是我给他请的。

玉雏儿 那他还不得好好赏赏你？

卢孟实 赏我？差点送了官。

玉雏儿 （笑）是为那些黄土吧？

卢孟实 你还笑。

玉雏儿 我笑有本事的使唤人，没本事的听人使唤。

卢孟实 我没本事。（欲走）

玉雏儿 就知道跟我急。瞅我带什么来了？（拿出一个小食盒）尝尝。

卢孟实 （拈起一块放进嘴里）

玉雏儿　我们那边有个串胡同的老太太，每天下半晌挎个篮子沿街吆喝，酱鸭膀、卤鸭肝，什么都有。我们那儿八条胡同的姐妹，都爱买她的小菜下酒。

卢孟实　是挺好吃。

玉雏儿　就知道吃！都是从你这儿出去的。

卢孟实　这些东西又不能烤。

玉雏儿　不能烤，还不能卖？你不是嫌"鸭四吃"不热闹吗，不会来个"鸭五吃""鸭八吃"，把这些下水都做成菜？

卢孟实　（兴奋起来）快拿笔来。

玉雏儿　（忙去柜上取纸笔）

卢孟实　（突然又沮丧起来）我这么上劲儿干什么，有那俩"搅屎棍"，什么也干不成。

玉雏儿　真是属风筝的，一会儿高，一会儿低。

卢孟实　线儿在人家手里攥着，高低由不得我。

玉雏儿　要是我就把线儿铰了！

卢孟实　铰了？

玉雏儿　不当大掌柜的，一辈子还是听人家使唤。

卢孟实　你说——

玉雏儿　你真的没想过？

卢孟实　老掌柜临终托付我，我这不是抢人家的祖业?！

玉雏儿 怎么提得上抢？干好了，给天下人留下一个福聚德，也是你卢孟实一世的功德。

卢孟实 （不由钦佩玉雏儿不同一般的见识）你往下说！

玉雏儿 大少爷喜欢戏，就让他撒开了唱去。

卢孟实 那二少爷呢？

玉雏儿 交给我了。

卢孟实 （吃醋）那可不行！

玉雏儿 （笑骂）呸，我给他另找个好的。行了，有人给你生儿子，有人给你出点子，我的卢大掌柜的。

卢孟实 （仿佛重新相识）玉雏儿，我当上掌柜的头一件事，就是把你接出来。

玉雏儿 这种话我听得多了，再说吧。（欲下）

卢孟实 （深情地）我是真的！

〔王子西急上，玉雏儿甩开手，跑上楼。

王子西 孟实，咱们要进的那五百只小白眼鸭，让全嬴德高价拦走了。

卢孟实 咱们怎么一点不知道？

王子西 他们暗地里使钱了。

卢孟实 好。他不仁就许我不义。他们不是打听咱们怎么养鸭子吗？你找人去散风，就说鸭子肥全仗着通风走气。叫堆房的老头把鸭舍的窗户全打开。

王子西 这么冷的天,鸭子不得着凉啊?

卢孟实 嗐,把鸭子全轰我屋去呀!

王子西 明白了,明白了。我去了。(下)

卢孟实 福顺,给我请大掌柜的。

福　顺 二掌柜的,这会儿请……

卢孟实 快去!

〔不一会儿,唐茂昌下楼来。

卢孟实 有点要紧事。

唐茂昌 (一脸不乐意)说。

卢孟实 咱们的鸭子让对过儿抢了。

唐茂昌 抢了,就再想法子买去。

卢孟实 是。可而今北京有三种鸭子,从运河来的南方鸭叫"湖鸭",个头小可肉嫩;潮白河的"白河蒲鸭",个儿大肉也肥,可货少;再有就是玉泉山的"油鸭",骨头架子小油多,烤出来太油腻,点心铺用鸭油合适……

唐茂昌 (早不耐烦)你到底想跟我说什么?

卢孟实 我就是拿不定主意进哪种,想……

唐茂昌 哪种好要哪种呗,这你也问我?

卢孟实 这是要紧的事,不问您我做不了主,还有最近小市上鸭毛卖不出价来,我想先倒给山货铺……

〔楼上一个男人探出身:"鸭大爷,鸭老板,您怎么暗场就下了,听见鸭子叫啊?"(笑)

唐茂昌 杨老板您替我跟师傅解释解释,我这就来。还有什么,快说!

卢孟实 昨天起,定点关城门了,鸭子晚上进不了货,鸭血、鸭肠、鸭下水也运不出去,我想——

唐茂昌 行了,你看着办!(上楼)鸭子、鸭子,我都快让鸭子给咬死了!(下)

卢孟实 (暗暗一笑,看见修)修先生,还习惯吗?

修鼎新 二掌柜,我是耳闻您一贯平等待人,才来做下人的。

卢孟实 不能让人瞅不起我们做饭庄子的,是我这辈子的心愿。

修鼎新 瞅得起又怎么样?

卢孟实 自己先得瞅得起,别人就不敢瞅不起。

修鼎新 我看你办不到。

卢孟实 我要试试。我请你写的对子有了吗?

修鼎新 做对子讲究精致,或怡情悦性,或富贵堂皇,或着意秦人旧舍,或暗喻世态炎凉,不知你喜欢什么?

卢孟实 你琢磨了一辈子美食,跑了半辈子饭庄,你喜欢什么?

修鼎新 对于吃,我只喜欢一句话:天下没有不散的筵席。

卢孟实 （望了一下修）这样的对子可不吉利。

修鼎新 可是实话。

常　贵 （上）总统府那几桌净议论什么打呀杀的。

卢孟实 只要不在咱们这儿杀，爱杀谁杀谁。我上去盯着。

（上楼）

〔成顺手里端着一个盆，被罗大头推着，上。

罗大头 去，倒了。

成　顺 师傅，这可是拿枪的那桌上要的，二掌柜的直嘱咐别惹他们……

罗大头 哪这么些废话！去，远远地倒！

〔成顺无奈，下。

罗大头 李小辫儿，我叫你能。（下）

〔楼上管弦声声，几个人把唐茂昌拉出来。

唐茂昌 诸位都是名角儿，哪轮到我唱啊？

众　人 不唱，老板不收你！

唐茂昌 唱段《法门寺》。

众　人 不听，不听，反串，唱《起解》。

唐茂昌 来段《红娘》吧。（顺手接过小伙计的托盘）五姑娘，拉个过门儿。

〔京胡起，唐茂昌将唱将舞，"将张生，隐藏在棋盘之下……"

唐茂昌 现丑，现丑，入席，请！

〔常贵同修鼎新捧着一盘大小包。

常　贵 成顺！这小子哪儿去了。去，给每个车夫一包炉肉。一个红封包，说清楚，这是咱们大爷赏的。

〔两伙计应声下。

〔李小辫上，样子十分焦急，王子西随上。

李小辫 常哥，你看见一盆红小豆了吗？

王子西 你放哪儿了？说话要上八宝豆泥了。

罗大头 （从烤炉边踱过来）八成忘了煮吧？

李小辫 下午就煮出来了。

王子西 改戏换拔丝山药吧。

修鼎新 这可是总统府那桌要的。

王子西 （急）那帮正找碴儿呢，这不是添乱吗！

李小辫 （急得满头大汗）快，派人买绿豆糕！

王子西 成顺。快，南口儿天义顺。

〔成顺欲下，罗大头朝成顺使个眼色。常贵暗下。

罗大头 八道菜，四大碗，不是头等的大厨子侍候不下来。

李小辫 （突然醒悟）罗大头，都是"勤行"里的人，别干损事！

罗大头 （瞪眼大叫）哎，你出娄子，别找寻别人！

王子西 得了，祖宗，楼上还有客哪！

〔成顺空手上。

成　顺　没有绿豆糕。

罗大头　（幸灾乐祸）这下可褶子啦。

修鼎新　那些人吃不好，可是掉脑袋的事。

李小辫　（强硬地）脑袋掉了不过是个死，手艺栽了，是我一辈子的名声。

王子西　改菜吧，我跟掌柜的说去。

李小辫　不改！李小辫今天栽了，从此，再不掌勺。（解下围裙）告辞！

〔常贵奔上，手里捧着一个纸包。

常　贵　（气喘吁吁）李、李师傅，绿、豆糕。

李小辫　（接过掰下一块，一闻）行。（掉头就往厨房跑，忽然又转回身）常贵大哥，李小辫这辈子忘不了您的恩义。（急下）

常　贵　（抹把汗）撤荤盘子，上手巾把儿，预备走鸭子！（下）

罗大头　（狠狠地）妈的，胳膊肘子往外拐！成顺，盯着出鸭子、撤火，我睡觉了。（下）

卢孟实　（上）李小辫呢？今儿菜不错，几位老板赏下了。后天，余老板家有个堂会，叫他去掌灶。

〔李小辫边上边说："气上足了，就撤火，出锅。"

卢孟实 李师傅!

李小辫 （阴着脸）二位掌柜的,我李某没能耐,我到别处新鲜新鲜。(交围裙)

卢孟实 这是怎么啦?

李小辫 我李小辫从来不待"窝子买卖"。

卢孟实 福聚德不敢说是江湖买卖,你这话怎么说?

李小辫 今天,咱们初来乍到,考咱不怕,给咱寒碜我可不干。

王子西 （在卢耳边讲了几句）

卢孟实 （听着脸沉下来）净干些下九流的事。李师傅,你先后边歇会儿。

〔李小辫下。

卢孟实 叫罗大头!

成　顺 他躺下睡了。

卢孟实 卷铺盖起来。

王子西 我说你少惹他,东家拜师,这节骨眼儿上……

卢孟实 叫!

〔罗大头上,一脸不在乎。

卢孟实 （直截了当）豆泥是你倒的不是?

罗大头 不是。

卢孟实 大丈夫敢作敢当,别让我查出来,寒碜!

罗大头 （白了卢一眼）是我你怎么着？

卢孟实 我卢孟实做人讲究两样，在家孝顺父母，出门对得起朋友，你罗大头不可我的心！

罗大头 可不可心我吃的是老唐家的饭，你管不着！

卢孟实 我是这儿的二掌柜。

罗大头 我是老掌柜的爸爸请来的，你差得远了。

卢孟实 楼上有掌柜的，你上那儿嚷去。

罗大头 别以为我不敢……

〔唐茂昌陪余老板下楼来。

唐茂昌 师傅，说话上鸭子了，您忙什么。

余老板 不吃了，大轴儿还一出戏呢。

唐茂昌 待会儿我叫人装暖壶里给您送园子去。

卢孟实 （迎上）余老板，您怎么走哇？

余老板 菜都不错，（拿出红包）这个给大伙儿分分。再给总统府那桌添俩菜，说我送的。

卢孟实 您来，就太赏脸了，还叫您破费。（向众）余老板赏下了！

〔台上台下伙计们齐声高喊："谢余老板——"

余老板 茂昌，一会儿你就坐下场门"场面"旁边。

唐茂昌 （受宠若惊）哎。

余老板 听我那句"昨夜晚吃醉酒和衣而卧"，留神"卧"

字后边的甩腔儿,(唱)卧——

罗大头 （炸雷般地）东家,少掌柜!

〔唐茂昌、余老板一惊。

唐茂昌 （怒）干什么这是?师傅,没吓着您吧?

罗大头 卢孟实他要辞我!

唐茂昌 辞你就走。

罗大头 您也让我走?!福聚德的烤炉都是我砌的,不看我也得看这些鸭子!

唐茂昌 还不拉住他!师傅您刚才说——

余老板 （一笑）怪不得他们叫你鸭老板呢,你柜上有事,我先走了。(下)

唐茂昌 （追）余老板,师傅!

罗大头 （不知好歹）掌柜的!

唐茂昌 （甩开大罗）我的事全砸在你们身上。从今往后,你,你,你,（指卢、王、罗等）谁也不许再跟我提一个"鸭"字!福子,走!(下)

卢孟实 （正中下怀,暗暗一笑）常贵,预备走鸭子!

——幕落

第三幕

时间　八年后。

地点　福聚德店堂。

此时是福聚德的鼎盛时期。雕梁画栋的大楼金碧辉煌，门前那块黑底金字的陈年老匾泛着辉光。门前停的是汽车、马车、绿呢大轿，门里进出的是达官显贵、商贾名流，福聚德已是赫赫扬扬，名噪京师。

今天是大年初六，饭庄店铺大开张。福聚德伙计们簇拥着王子西将那两块老年间的铜幌子，当当正正地挂在门前。而后，掌案的把砧板剁得当当响，掌勺的啪啪啪地敲着炒勺，账房把算盘拨拉得噼啪响，百年老炉中的炉火像浇上了油，烧得呼呼蹿火苗子，这就是旧时买卖家讲究的"响案板"，以求新年里买卖兴隆。

福聚德的伙计们头脸干净，新鞋新帽，面带笑容，垂手而立，迎接着新年里的第一批客人。

王子西　福顺，盯着点门口、胡同口，有要紧的主顾先喊一声。

福　顺　（已经长成个大小伙子）放心吧，二掌柜！（下）

王子西　过了正五过初六，过了初六还照旧，说话这年就过完了。

常　贵　咱们大开张，对过儿大关张。

王子西　全赢德那掌柜的就不是发家的样儿，伙计多吃半个馒头，他都耷拉脸子。

常　贵　那边伙计也怪可怜的，跟掌柜的说说，怎么搭济一下。

王子西　这事他想得到，别忘了，他爹也当过伙计。

常　贵　这十来年了，我都没敢问过，玉升楼掌柜的真干过那么缺德的事？

王子西　就为丢了几两金子，用这样的大秤（指墙上挂着的丈把长的大秤）把柜上的伙计，出门称一次，进门称一次。

常　贵　老爷子就这么窝囊死的？

王子西　要不孟实这么咬牙跺脚地干，心里窝着口气。

常　贵　今天大开张，怎没见他？

王子西　唉，头年一忙，我忘了给侦缉队送礼了。

常　贵　那可是些惹不起的祖宗。

王子西　这不孟实又打点去了。(拿出一张单子)这是今天的水牌,上什么菜你编排一下,下半响瑞蚨祥东家、警备司令吴家有订座。我今天得赶致美斋头炉萝卜丝饼。(常下,王欲下)

〔唐茂昌带福子气冲冲地上。

王子西　(见脸色不对,小心地)大爷今天得空儿,没上戏园子?

唐茂昌　卢掌柜呢?

王子西　外出了。

唐茂昌　昨天我让福子拿五百块钱,他为什么不给?

王子西　他说"东六西四"分账是合同上写的,每月初一准把月钱送到府上去,额外的嘛……

福　子　(狗仗人势地)额外的?这儿全是大爷的!大爷拿钱买行头置场面干的是正事,不像他拿钱养婊子!

王子西　哟,你可别这么嚷,玉雏儿而今顶半个掌柜的。

唐茂昌　(更火起来)你告诉他们,这儿是老唐家的买卖。把钱柜打开。

王子西　(为难)大爷——

唐茂昌　开呀。

〔王子西无奈打开钱柜,福子拿钱。

唐茂昌　这几年,卢孟实在老家置产业,你知道吗?

王子西　这我可不知道。

唐茂昌　子西,你是福聚德的老人儿了,这些年我没理柜上的事,二爷又在天津,柜上的事,你得下心。

王子西　(怯懦地)是,我……

〔外面一阵喧哗,福顺上。

福　顺　常师傅家小五儿,非要进来找他爸爸。

王子西　今天开张有忌讳,不许穷小子进门,叫常头出去。

〔玉雏儿——上。

玉雏儿　门口吵什么?哟,大爷来了?

唐茂昌　(爱搭不理地点点头)福子,走!

玉雏儿　急什么,歇歇脚,喝口茶。

福　子　我们怕闪了舌头。(随唐下)

玉雏儿　大爷怎么啦?

王子西　我也正纳闷呢。都说孟实在老家置了不少房产,你知道吗?

玉雏儿　您听谁说的?

王子西　我也不大信。

玉雏儿　孟实苦干了十年,有点积蓄不假,可是,他辛辛苦苦把个要关张的福聚德拾掇得名噪京师,就落了这名声,就太冤枉人了。

王子西　那是,那是。哟,我的萝卜丝饼!(下)

〔几个衣着差不多的男人上,样子不像正经客人。

常　贵　几位爷儿过年好!吃饭请上楼吧。

某　甲　(打量着店堂又盯住玉雏儿)早听说你们这儿有个叫什么"雏儿"的,有手堂子菜的绝活。

常　贵　(接)我们灶头叫李小辫,最拿手"三不粘",不粘筷子、不粘牙、不粘……

某　乙　(打断)大爷专门为堂子菜来的,有没有快说,少废话!

常　贵　(发现来人衣襟下有枪,示意玉雏儿下)爷儿们别急,我……

某　乙　(推开常)你躲开!

玉雏儿　别忙,我就是玉雏儿。

某　甲　(凑近)久闻大名了,在胭脂巷不出金子见不着您的面儿,今天侍候侍候我们爷儿们吧!

玉雏儿　(不紧不慢地)那是应当的,几位,想吃什么?

某　乙　(怔了一下)你会做什么?

玉雏儿　玉雏儿生在苏州乡下,会做的都是些乡间小菜。几位听我报几样:珠联璧合,富贵有余,连生贵子,百年好合,蓝田种玉,好事发财,雪里藏珍,合浦还珠,春苗飞絮,金玉满堂,不知几位是喜酌、梅酌、会亲酌呢,还是寿酌、羌酌、进学酌?

〔几个人听傻了。

某　乙　（假充内行）什么酌不酌的，哥儿几个就是图个热闹，来个"金玉满堂"。

〔其余的人随即附和。

某　甲　（留个心眼）咱们吃过见过，四大堂，八大楼都会过，你先说说什么叫"金玉满堂"？

玉雏儿　（不慌不忙，慢启朱唇）经霜乳唾好燕窝二两，用天泉水发好，银针挑去黑丝，加嫩鸡汤，好火腿，玉柱蘑菇烂煨成玉色；吕宋青鲨翅，不用下鳞，只取上半原根，用肘子、鸡汤、鲜笋、冰糖炖两天，煨成金色；小刺参滚肉汤泡三次，鸡汁、肉汁、虾子汁烧成枣红色；再加三钱"西施舌"，七个乌鱼蛋，十枚银杏，配上笋尖丝、鲫鱼肚、香菌、木耳、野鸡片，烧几个滚儿，勾琉璃芡儿，下明油，倒挂出锅，盛在金托金盖四爪金龙钵里，叫作"金玉满堂"。

某　乙　（不由吐出一口气）我的妈哟，这得多少钱一钵呀？

玉雏儿　不多，有二两金子足够了。

某　甲　这菜也就给皇上吃吧。

玉雏儿　皇上倒怕没有几位爷的口福。（抖开一个极标致的围裙，就要下厨）

某　　甲　（知道这个玉雏儿不好对付）我们几个今天不想吃金呀玉的，想试试你家常的手艺。

玉雏儿　好啊，一会儿我调一碗醋椒鸭丝汤，给几位醒酒好不好？常贵，请几位上楼吧。

〔几个男人上楼。玉雏儿拉住常贵。

玉雏儿　我看这几个来者不善，您小心点。（下）

〔罗大头上，身后跟着克五。

罗大头　你干吗老跟着我？

克　　五　你带我瞅瞅鸭子，弄个鸭架桩也行。（贪婪地四处看着）

〔福顺追上。

福　　顺　出去、出去，谁让你进来的？

克　　五　干什么你们？告诉你们，五爷而今是"闻香队"的！

罗大头　怪不得老在饭庄子门口转悠呢！（众哄笑）

克　　五　大爷隶属侦缉队，闻的是烟土！

罗大头　哈，这回你爸爸教你的本事可有用了。

克　　五　罗大头！你身上就有烟！

罗大头　没错，烤一只鸭子两烟泡儿，刚才帅府赏的。

克　　五　烟泡儿也不行，拿出来！

罗大头　帅府成箱的，有能耐上那儿闻去。

克　　五　烟太多我就闻不出来了。（嬉笑）得了，给俩鸭脖子还不行?!

罗大头 这小子成心捣蛋,别忘了,你还该我们二爷一顿打哪,我先替二爷出出气!(拿烤杆)哎,我的杆呢?

成　顺 (慌忙跑上)我,我这儿给您擦呢。

罗大头 (用手一摸)放屁!头还热着呢。

成　顺 (知道瞒不过去)是掌柜的让我……

罗大头 掌柜的是你祖宗?跪下!

〔一个衣着整齐的小伙计快步跑上,用大拇指向横一划,这手势是告诉大伙掌柜的回来了。所有人立即回到自己的位置上,垂手而立。

〔卢孟实上。他人到中年,衣着华贵,面容丰满,一脸威严。身后跟着修鼎新。

〔卢孟实向店里扫了一眼,坐在当年老掌柜的那把太师椅上。

卢孟实 (把手一伸)

〔小伙计马上把一个蓝花白底的细瓷小碗送到他手上。

卢孟实 (呷了一口)欠火。

修鼎新 鸭汤欠火,告诉二灶添硬柴加大火。

卢孟实 (喝着,头也不抬)谁让他进来的?

修鼎新 (暗向克五使眼色,让他快走)

克　五　（反而凑上来）卢掌柜的，不用说你这儿了，就是王爷贝勒府，我也随便串胡同。我闻出来了，你后院有烟土！

卢孟实　赶走！

克　五　送我只鸭子咱们了事，要不然……

福　顺　走！

修鼎新　（小声）五爷，走吧。

克　五　修二，你敢情整天吃香喝辣的，你没良心！卢孟实，你等着！（被众人拉下）

卢孟实　（阴着脸）年初四，谁出去看戏了？

小伙计　我。

卢孟实　看的什么戏啊？

小伙计　（支吾地）大、大戏。

卢孟实　戏票呢？

小伙计　（怯怕地）扔了。

卢孟实　瞎话！初四天乐唱的是落子。下作的东西，店规怎么写的，背！

小伙计　第、第九条，店员不许看落子，听花鼓，不许……

卢孟实　人家为什么看不起"五子行"？不能自己走下流！我看你是吃饱了，家里有富裕了，给我走着！

小伙计　（慌了神）饶我这回吧，再也不敢了，掌柜的！（向

周围人求情，但没有人敢说话）

卢孟实 有人在东家那儿告我，在老家买地置房子，不错，有这事。做饭庄子的就不能置产业？就都得吃喝嫖赌走下流？我还想买济南府，买前门楼子哪！成顺！

成　顺 是。

卢孟实 你哪天办喜事？

成　顺 二月二。

卢孟实 龙抬头，好日子！（从修手里取过一个红封包）这是柜上送的喜幛子钱。

成　顺 谢谢掌柜的！

卢孟实 披红挂绿，骑马坐轿子，怎么红火怎么办。让那些不开眼的看看，福聚德的伙计也是体面的。散吧！

罗大头 （憋了一肚子火）等等！成顺动我的烤杆。

卢孟实 （不动声色）怎么啦？

罗大头 这是坏柜上的规矩！烤炉的不到七十不传徒弟，皇上都认可过。

卢孟实 （笑起来）皇上都在日本租界当了寓公了，这规矩早该改改了。

罗大头 别忘了你们当初是怎么把我请回来的，我一撂杆不干，福聚德就得关门。

王子西 （调解地）这是干吗？谁不知道，福聚德指着大罗一根杆撑着哪，啊?!

罗大头 （故意拿糖）今天我不烤了，你们另请高明吧！（甩手就走）

王子西 哎，楼上还有座儿呢。

卢孟实 走了？就再别回来。

罗大头 （爆发地）卢孟实！别跟我这儿摆掌柜的，你那点底别以为我不知道！

常　贵 （急拦）大罗！

王子西 这是干什么，散了！

罗大头 （甩开常贵）你爸爸怎么死的？攀着秤钩儿，蜷着腿，让人家拿大杆秤当牲口称，憋闷死的，别以为我不知道……

卢孟实 （脸色由青变得煞白，突然高声笑了起来，那笑声凄惨中带着一股昂扬，听着使人发抖）你——给我出去！

罗大头 别人五人六的，美得你几辈子没当过掌柜的，上这儿耍威风！

卢孟实 （大吼）走！

〔众人要拦。

卢孟实 谁拦，谁跟他一块走！

〔罗大头骂骂咧咧下。

卢孟实　成顺,拿起来。侍候下今天这些座儿,我升你当灶头。散!(众伙计下)

王子西　(担心地)下半晌是瑞蚨祥孟四爷的座儿,这可是吃主儿。

卢孟实　谁候?

福　顺　我。

常　贵　掌柜的,我候吧。

〔楼上某甲叫着:"堂子,叫玉雏儿给我们上汤啊!"某乙:"还得喂你一口啊?"淫笑。

卢孟实　(皱眉)什么客人?提玉雏儿干吗?

王子西　不知道。侦缉队打点好了?

卢孟实　不买账,看来想敲咱们一笔。

修鼎新　这是全赢德的地契、账簿,你盖章就过户了。

卢孟实　(感觉不适)留我晚上看吧。全赢德的伙计柜上的,愿留的都留下,千万别让他们没地方去,还有……(一阵眩晕)

王子西　(扶住)怎么啦?去后边躺躺。

〔唐茂盛上。

唐茂盛　嚄,门口的"气死风"都换电灯泡啦!

卢孟实　(强打精神)二爷来了,泡茶。天津福聚德生意兴隆?

唐茂盛 兴隆什么!

卢孟实 那地界好哇,前边劝业场,对过儿新明大戏院,热闹。

唐茂盛 地界好有什么用,人不行。

卢孟实 您那位新二奶奶,天津卫的人尖儿,连那些吃砸八地的都怵三分。二奶奶谁都不怕,就服您,对吧?

唐茂盛 (笑)你这都听谁说的?

卢孟实 我这儿有内线。

唐茂盛 她们这些姐妹,都不是省油的灯。

卢孟实 待会儿,就这儿吃饭,我叫玉雏儿给您做。

唐茂盛 我今天来,是想跟你借点东西。

卢孟实 瞧您说的,这楼上楼下不都是您老唐家的。

唐茂盛 分号要修门脸儿,用点钱。

卢孟实 用多少?

唐茂盛 我大哥在法家花园起的那间馆子支了多少,我就用多少。

卢孟实 (知来者不善)行,过了五月节,我给您送天津去。

唐茂盛 哟,你跟我这儿打镲呀!

卢孟实 您看,这影壁得描金了,后院堆房要挑顶子……

唐茂盛 福聚德日进百金,还跟我来这套?

卢孟实　有进还有出哪。修先生，拿账来。

唐茂盛　（不看）这事就这么着了。另外，我还要借个人。

卢孟实　谁？

唐茂盛　分号缺个好堂头，我要常贵。

卢孟实　这可不行，饭馆让人服，全仗堂、柜、厨，您这不是撤我大梁吗？我给您换一个。（示意王子西帮他一起说）

王子西　（多一事不如少一事）二爷要，就……

卢孟实　不行。有批老主顾不见常贵不吃饭。

〔常贵自楼上下。

唐茂盛　常贵，跟我去分号。

常　贵　我？我，（望卢，卢气得说不出话）我也得安顿安顿家里头。

唐茂盛　还怕跑了老婆子？晚上的火车，票给你买好了。（对卢）银票你记着麻利开，我去瞅瞅我大哥，晚上，这儿吃饭、拿钱、带常贵。（下）

常　贵　（依恋地望着卢）掌柜的……我去了。

卢孟实　（欲骂无言，欲哭无泪，一拳砸在柜台上）

〔几个男人酒足饭饱，下楼来。

某　甲　吃了一桌子，就最后那碗汤有味。

某　乙　你不说是谁做的？

某　甲　（对卢）掌柜的，你可真有生意眼，弄这么一棵"摇钱树"种在后院。哟，你怎么直瞪我？吃醋哇？哈哈……

常　贵　（扶住醉醺醺的甲）大爷，这边走。

某　甲　走？明天我还得吃"回头"呢。玉雏儿，明儿见——

〔几个人下〕

卢孟实　（把满腹怨气、憋闷撒向玉雏儿）你下来，下来，婊子！（一掌向玉雏儿打去，突然，剧烈的头疼使他站立不稳，倒在玉雏儿身上）

王子西　快扶他后边歇歇去，这儿有我哪！

〔玉雏儿扶卢下。

王子西　唉，不知道打哪儿就给你横插一杠子，想得挺好，一下子全完。

修鼎新　架不住，一个人干，八个人拆。

王子西　我头也直疼，出去遛遛。（下）

成　顺　修先生，熟了！

〔成顺上。烤杆上挑着一只烤得焦黄的小鸡。

成　顺　你闻闻，香味都出来了。

修鼎新　我吃了一辈子烤鸭，还真没吃过烤鸡。

成　顺　这是罗大头的一绝，掌柜的都不知道。

修鼎新　（伸手去拿）

成　顺　（一闪）上回你让我烤炉肉，就让掌柜的瞅见了，罚了我半天工钱。

修鼎新　（不耐烦地掏出一块钱）拿去。（把鸡放到鼻子底下闻着，似说似唱，无不感慨）生前啼声喔喔，死后无处可埋，以我之腹，做汝棺材，呜呼哀哉，拿好酒来——（不禁伤情）

〔李小辫悄悄上，学着卢孟实的声音，咳了一声。

修鼎新　（吓了一跳，把鸡忙往大褂底下藏）

李小辫　掌柜的一会儿不在，你们就闹鬼儿。

成　顺　修先生不知道怎么啦？

修鼎新　来，来，来，二位，有酒，有菜，今天修某我也和你们论一回吃。《易》称鼎烹，《书》称盐梅，说的是《易经》里写过做菜，《尚书》里讲过调味。我修家三代为官，可你们知道我最敬重的是什么人？

〔李小辫与成顺不解地摇摇头。

修鼎新　就是厨子。（朝二人拱手躬身）

李小辫　你别拿我们开心啊。

修鼎新　真的！就连我的名字也与厨子有关。

李小辫　（不以为然地一笑）

修鼎新　（认真地）修鼎新，鼎者，器之名也，供烹调之用。革去故而鼎取新，明烹饪者，有成新之用。

成　　顺　（茫然地摇摇头）

修鼎新　你手里的炒勺，就是鼎；面前放着酸甜苦辣五味作料，你把它们调和在一起，做成一种从未有过的美味佳肴，你就有生成之恩，和合之妙，鼎新之功。

李小辫　您太高抬我们了。

修鼎新　不，不，古人称宰相为"鼎辅"，说白了，就是掌勺的厨子。

成　　顺　他喝多了。

修鼎新　（又喝了一口）大到一国，小至一室，都要有人执掌，古诗云"盐梅金鼎美调和"，就是比喻宰相用朝廷这个大炒勺做菜。

成　　顺　（奇怪地望着修）他没喝几口呀?!

李小辫　赶紧给他调碗醒酒汤，千万别让掌柜的知道。

修鼎新　掌柜的也是个掌勺的，你我就是他的"作料"，你是咸的，我是苦的，罗大头是辣的。福聚德是他的炒勺，我看他到底能做出个什么菜来，什么也做不出来……

李小辫　快拉他去后院井台漱漱口，拿盆凉水擦擦脸。

修鼎新　我没醉……（被成顺拉下）

〔李小辫欲下，忽然听到唏嘘声。

〔常贵面容凄楚上。

李小辫 常哥？（想起常贵就要离开福聚德）几十年了，说走就走，也是舍不得。

常　贵 （摇摇头）这块伤心的地方，有什么舍不得的？我是伤心，小的儿他，他不能看不起老的儿。

李小辫 怎么啦？

常　贵 我这一辈子，骂，不许还口，打，不许还手，心里头流泪，脸上还得笑，我就为这一家老小奔……

李小辫 常哥，到了儿出了什么事啊？

常　贵 小五儿，他非去瑞蚨祥当学徒。

李小辫 好事啊，生在苏杭，死在瑞蚨祥嘛。

常　贵 可……

〔传来福顺的应酬声："孟四爷，您来了！"这一声喊，如同号令。福聚德的伙计们从四面八方跑上，各自站在自己的位置上。修鼎新上，与孟四爷寒暄。

孟四爷 我们的座儿呢？

常　贵 （擦干泪，格外精神地迎上来）楼上六号雅座。您瞅，门上雕着六子拜弥陀，今儿个正初六，四爷六六大顺，八面来风！几位爷，请！

〔常贵引几位上楼，把他们送进单间，退出侧身站在门口。

常　贵 几位爷吃着、喝着，我唱唱菜单几位听听：酱鸭心，卤鸭胗，芥末鸭掌，鸭四宝，烧鸭舌，烩鸭腰，清炒鸭肠，鸭茸包。这是用鸭身上的舌、心、肝、胗、胰、肠、脯、掌等十样东西做的鸭子菜，学名"全鸭席"，几位爷，想吃点什么？

孟四爷 好口才，你看着办吧。

常　贵 好嘞，慢等。（下楼他一向不踩楼阶，下到最后一阶时，腿突然一软，打个趔趄，正好被刚进门的王子西扶住）

王子西 （扶住）常贵，怎么磕磕绊绊的？

常　贵 （笑笑）没事。（下）

王子西 福顺，早上常家小五儿找他爹干吗？

福　顺 （靠近王，轻声地）小五儿想到瑞蚨祥学徒，人家不要。

王子西 为什么？

福　顺 说他爸爸是堂子。

王子西 常贵可不是一般的堂子，上到总统，下到哥儿大爷，谁不知道福聚德的常贵。

常　贵 （托四凉盘上）来了——（又转身向着厨房方向）粉皮拉薄、剁窄、横切一刀。多放花椒油！（上楼）

修鼎新 （望着常贵，感慨地）常贵是那份酸的。

王子西 你说什么？

〔唐茂昌上,身后跟着罗大头。

罗大头 (喋喋不休)我是老掌柜那辈的烤炉,他当二柜的时候就瞅不上我,瞅不起我就是瞅不起您,瞅不起老掌柜……

唐茂昌 (打断)行了,这一道你就缠着我。

罗大头 您不到柜上来,不知柜上事,他哪来么多钱买房子买地?他还想买济南府买前门楼子哪!

唐茂昌 你先回去。(罗下)孟四爷来了吗?

王子西 (殷勤地)楼上六号。

〔唐上楼,常贵小心地拦住他。

常 贵 大爷,我在福聚德干了多半辈子,今天要走了。

唐茂昌 到哪儿去?

常 贵 二爷要起我到天津分号去。

唐茂昌 (不关心这些)去吧,到哪儿都是福聚德。

常 贵 (小心地)常贵在柜上几十年,没跟您张过嘴,今天有件事求大爷。

唐茂昌 说吧,说吧。

常 贵 我就一个儿子叫小五儿,他想到瑞蚨祥当个学徒,烦大爷亲口跟孟四爷说一声。

唐茂昌 就这事啊,行了。(上楼)

常 贵 谢谢大爷(人仿佛年轻了)福顺,撤荤盘子,上手巾把儿，准备走热菜。(似乎想起什么，快步走到六号雅座门外)几位爷吃着，喝着，我念个喜歌给几位爷下酒。

〔王子西惊异地抬头望着常贵。

常　贵　(面色绯红，声音有点发颤，清了清嗓)吃的是禄，穿的是福，八大酒楼全都在京都。福聚德，赛明珠，挂炉烤鸭天下美名殊。皮儿脆，入嘴酥，肥不腻，瘦不枯，千卷万卷吃不足！全鸭席，胜珍馐，三十元，有价目，食落您老自己肚，胜过起大屋。您看厅堂敞，楼上楼下好比游姑苏。更有美酒赛甘露，请君饮过，添丁添财添寿又添福——

〔雅座里响起喝彩声和稀稀落落的掌声，门帘里递出一杯酒。

常　贵　(恭敬地接过酒)谢谢孟四爷！常贵平时不喝酒，今天四爷赏的，我一定干了。(一饮而尽。烈酒下喉脸更红了，他抖擞了一下精神)酒过一巡了，鸭子上炉。(下)

王子西　这个喜歌儿，就他添儿子那年唱过一回，今儿可是反常。

福　顺　瑞蚨祥东家在里边坐着，这不明摆着吗？

〔唐茂昌、孟四爷自单间出。

唐茂昌 票是明晚上的,在庆乐,您可得来。

孟四爷 我准来,我带几位顺天时报馆的,叫他们写文章捧捧您。

唐茂昌 那太好了。您快入席,别送了。

常　贵 (托着菜盘,小声提醒)大爷……

唐茂昌 (想起)噢,四爷,我这儿的堂头有个儿子想到您柜上学徒,您给说一声。

孟四爷 哟,不是我驳您的面子,这事怕不成。

唐茂昌 常贵您认识啊!

孟四爷 不是认不认识,柜上老规矩,"五子行"的子弟不能在店里当伙计。

唐茂昌 怎么呢?

孟四爷 您想啊,二月二,五月五,八月十五年三十,柜上必搭大棚叫伙计们坐席吃八碗,到时候都是大饭庄子走堂会,要是他老子在下边伺候,他怎么在上头坐啊!

唐茂昌 有理,有理。您入席吧,明儿见。

〔常贵失神地摇晃了一下。

王子西 小心菜!

〔唐茂盛上。

唐茂昌 茂盛,我正要找你。(把唐茂盛拉到一旁)

〔门外吵吵闹闹的人声，夹杂着外国话和狗叫。福顺慌张上。

福　顺　二掌柜，洋人来了。

王子西　又不是没见过，慌什么？

福　顺　他们都长得一个样，我怎么下账啊？

王子西　前门进，后门出，一人先交一块美金。

福　顺　我还不会洋文哪。

王子西　叫常头啊。

〔一些洋人涌进店堂，叫着："duck！"

常　贵　（迎上去）Hello, please up! Don't carry the dog!（请上楼！不要把狗带进来！）

洋　人　Why?

常　贵　这是饭馆的规矩，这儿有店规。

洋　人　（斜瞥着常贵）中国的狗怎么能进来？

常　贵　没有过，我们福聚德向来对中国人、外国人一个样。

洋　人　你就是中国的狗，跟在人后边跑。（边说边学，其他洋人开怀大笑）

常　贵　（压抑着的羞辱突然爆发）我是堂子，是伺候人的，可我是人，您不能瞅不起人！

洋　人　（大笑）人，dog！（一巴掌打在常贵脸上）

〔洋人们涌上楼去。

〔常贵直挺挺地站着。

王子西 常头,打坏没有?

常　贵 我,该打。该让人瞧不起,臭跑堂的……

王子西 福顺,你去应酬。

常　贵 (猛地推开福顺)我看他们还怎么打?!(噔噔噔地上楼去)

唐茂盛 他想做福聚德的主,没门儿!抹了他,咱把买卖收回来!

唐茂昌 我是想收回来,可也得找个碴儿啊?!

〔常贵自楼上下。

常　贵 (面无血色,声音嘶哑)楼上鸭子两只,荷叶饼三十,高苏二斤,白酒——(突然,手往前一伸,人栽倒在桌子上)

修鼎新 常头,常贵!快,叫掌柜的!

〔卢孟实急上,大家围着常贵呼唤着。

卢孟实 这是中风,人要不行了!

修鼎新 他伸着五个手指头是什么意思?

王子西 一定有话说,快叫,叫!

〔众人呼叫,因有客座,声音不敢太大。

常　贵 (艰难地张开嘴,气息微微)白、白酒五两——(说完头无力地垂在桌子上)

福　顺　常——

卢孟实　（捂住福顺的嘴）别哭。子西，叫辆车赶紧送医院。

唐茂盛　常贵我不要了，给我换福顺吧。

卢孟实　这会儿救人要紧！

〔人们抬常贵下。

唐茂昌　卢掌柜，你打算怎么打发常贵？

卢孟实　有病给治，人死好好发送。

唐茂盛　你对伙计倒不错，可用的都是我们的钱。

卢孟实　我当掌柜的，不在伙计们身上打主意。

唐茂盛　那你就在我们身上打主意？

卢孟实　（不示弱）这话什么意思？

唐茂盛　福聚德日进百金，这么多钱都到哪儿去了？别以为我们不知道！

唐茂昌　先父临终没把买卖交给我们弟兄，而托付给了你，你可得对得起他老人家。

卢孟实　卢孟实问心无愧。

唐茂盛　你说，福聚德是你的买卖，这大楼的事都得你做主，有这事没有？

卢孟实　（平静地）有。

唐茂昌　这儿的钱、账、买卖一概不许我们过问，这话你说过没有？

卢孟实 说过。

唐茂盛 凡事不问我们的意思，你一个人独断专行，这事你干过没有？

卢孟实 全是这么干的。

唐茂盛 你到底安的什么心哪？

卢孟实 我看你们兄弟不是经营买卖的人，怕耽误了先人留下的这份产业。

唐茂盛 说得多好听，耽误不耽误，你干吗操这么大的心？

卢孟实 我愿意操心。这楼是我看着起的，福聚德的名声是我干出来的，店规是我定的，这些人是我一手调理的。这里的一个算盘珠子、一根草棍儿都是我置的，我不能糟践了它们！

唐茂昌 卢掌柜，话是这么说，可你别忘了，这份买卖它姓唐！福聚德到什么时候，我们也是掌柜的！买卖我们要收回来了。

〔克五领着一帮人，气势汹汹地涌进店里。其中几个就是前半晌来吃饭的男人。

克　五 五爷我又来了。

卢孟实 干什么？

克　五 侦缉队！你这儿有人私藏大烟。

卢孟实 克五，说话要有凭据。

克　五　（指指鼻子）这就是。

队　长　（指挥手下）搜！

〔侦缉队的人把福聚德弄得一片狼藉。克五等拉罗大头上。

克　五　（拿着一包烟土）瞅瞅，藏酒坛子里了！

卢孟实　（气得说不出话）你，你就这么不争气！

罗大头　掌柜的，四两都不到，克五他成心！

队　长　哼，下九流的玩意儿，捆好拉出去示众。

〔克五等人把大罗手脚对捆在一起。

一男人　嘿，借你们秤杆儿用用。

卢孟实　……（恍然间，父亲当年受辱的情景，仿佛重现，不由人摇晃了一下）等等！罗大头是个烤炉的厨子，不是烟贩子。我愿意做证，福聚德愿保！

队　长　（斜视着卢）谁能保你呀？

〔伙计们把眼光望向唐家兄弟，可是他们不说话。停顿。

队　长　谁是掌柜的？

唐兄弟　（指卢孟实）他——

队　长　掌柜的，跟我们去侦缉队聊聊吧？

罗大头　（大叫）福聚德早把我辞了，没别人的事！

卢孟实　（亲手给大罗解开绳子）大罗，我不辞你，好好烤你的鸭子，正经做人。

罗大头 （愣住了）

玉雏儿 （急上，扑向卢）孟实！

卢孟实 （笑笑拍拍玉雏儿的肩膀）刚才委屈你了。（抬起头，看着他亲手起的大楼）这"轿子"我到了儿没坐上。（解下腰带那块轿形玉佩，轻易地扔出窗外，昂然地随侦缉队下）

罗大头 （突然痛哭失声）掌柜的……我对不起你！

克　五 （跳上太师椅）从今往后，五爷还是你们的常客。常贵，赶紧伺候着！大爷我吃一只，带一只，鸭架桩给我送家去！

——幕落

尾声

〔福聚德店堂。唐茂昌坐在太师椅上。

唐茂昌 卢孟实走了,买卖我们收回来了。往后我和二爷掌柜,子西还是二柜,子西呢?

〔王子西匆匆上,手里托着一个小蒲包。

王子西 (知道自己晚了,随机应变)热萝卜丝饼,刚出锅的,我给二位买早点去了。

唐茂昌 这些年,我们受卢孟实的气……

〔福子上。

福　子 大爷,场面我都带来了,就这么一句"尾声儿",他们老吹不好。

唐茂昌 后边练去。(继续)我们受气……

〔一幕时那个警察上。

警　察 (边上边喊)挂旗,挂旗!

王子西 又挂什么旗?

警　察　换什么掌柜的，挂什么旗，您交钱吧。

王子西　（接旗端详）我说你们有准儿没准儿？

警　察　嘻，跟您这儿一样。甭管张三、李四谁当掌柜的，也得烤鸭子，不论皇上、总统、长毛、大帅，谁来也得吃鸭子，这就叫江山易改，本性难移。没的说，给包一只吧。（拿了鸭子，喊着"挂旗"下）

〔玉雏儿上。

玉雏儿　（旁若无人）福顺，箱子套好了，别掉下来。

唐茂盛　玉雏儿，卢孟实回家怎没带着你呀？

玉雏儿　（恬静地）他家里有老婆。（朝门外）抬上来！

〔几个脚夫抬着两块硬木漆金的对联上。

玉雏儿　孟实说，他这辈子该干的都干了，就差门口这副对子，临走打好了，请给挂上。

唐茂昌　（看）"好一座危楼，谁是主人谁是客；只三间老屋，时宜明月时宜风。"

〔脚夫们把对联挂好。

修鼎新　（心领神知）"好一座危楼，谁是主人谁是客；只三间老屋，时宜明月时宜风……"差个横批："没有不散的筵席。"

唐茂昌　（感到有点不大对劲，刚要说什么）

〔幕后"尾声儿"曲起。这是熟悉的京剧结束曲，一吹打起来，戏就该收场了。

〔大幕徐徐落下，把一切关在幕内，只剩下那副对联。

——全剧终

一九八七年九月　三稿于北京

《天下第一楼》写作札记

遵编辑部之约写一篇创作谈,拖了好几天,不知如何下笔。剧本写作之前,我设了一个小本,题为"烤鸭随感录"。现从中摘选几段整理如下,虽粗糙、破碎,却是真实的记载。

一

"他们是不亚于演奏巴赫乐曲的音乐家和山水画家。"此语出自一九八五年我见到的唯一一篇记述全聚德的文章,全文不足三千字,作者是一个外国记者。

称烤鸭技师为艺术家,我很新奇。

在全聚德烤鸭班深入生活,十分尴尬。所有小伙子以审视、不屑的目光看着我,他们不让我动手,只有看的份。烤炉,这个被视为禁区的地方,从前除了烤炉师傅,不许任何人靠近。当年这里贴着一副对联:金炉不断千年火,银钩常吊百味鲜。

正宗挂炉烤鸭的第三代传人田文宽，已是七十岁的老人。七尺檀木烤杆，将经过加工的鸭坯高高挑起，杆往上抬，前手往右一拧，只见挂钩倾斜，鸭身荡起，顺着炉口，避着火苗，稳稳当当地挂进炉膛。

田文宽最后一次上炉，是邓颖超宴请金日成首相。

田师傅的徒弟，三十出头的二级技师，手托烤杆，上身不动，脚下错落有致地走着十字步，全靠腰胯的扭动带动鸭身在火苗上悠荡。此刻，仿佛什么都不存在了，他专注的目光如孩子一般清澈，我好像听到了什么乐曲……

看了一个小时，鸭子熟了；看了一个月，我入迷了。

西单南，一条窄小的胡同里，住着干了六十年堂头的李祥寿，见人不笑不开口，一脸慈祥，一脸善良。

"前边走的是请客的，后边跟的是被请的。分不清，要错钱，人家不高兴。"

"如果来吃饭的是卖力气的，得这么说：'哥儿几个来了，怎么着，吃点什么？我瞅着实惠的给您弄俩菜去。'"

"来客是动脑筋的，得这么说：'您来了，您请坐，吃点清淡的，我替您参谋参谋。'"

半个多世纪迎来送往，他揣摩透了各种人，肚里装着一部心理学。

他淳厚，但不窝囊。李祥寿走宴会，一脸威严，前面服务员，后边厨师，桌上客人，听任他一人指挥，俨然是个将军。

从南城到北城，在那些陋室窄巷中，我寻找着当年被叫作"五子行"的人，他们多数没有文化，满肚子不为人知的学问，像一坛深埋在地下的陈年佳酿，就要随风化为泥土。自古留名皆将相，什么地方有他们的姓名?!

我要为他们立传。

二

这一行是个海洋。我眼花缭乱，饥不择食，小本本上记得密密麻麻，心里却觉得茫然。

大厨子的抱怨："做的不会做，吃的不会吃，弄什么土豆泥里放电灯泡的花招，唬尼克松行了，会吃的谁要这个？广和居有道名菜叫'潘鱼'，那是状元老爷琢磨出来的。"

似乎隐秘着什么。我去翻书，书中有记载："鲜"，北以羊为鲜，南以鱼为鲜，"潘鱼"是晚清状元潘祖荫从"鲜"字的写法发明的一道名菜，用羊肉汤氽鱼片，鲜倒了一班食客。

从吃到玩鸟、画眉十三弄……都是一个规律：一批有钱有闲有文化的人会吃、会玩，一批没文化肯动手动脑子的人在实干、在创造，于是产生了中国的烹饪文化。吃中有文化，似乎还有些什么？

在中国美食文化的书籍中，我发现了奥秘……

中国烹饪三字诀：一火，二调，三新。

大厨师面前提着酸、甜、苦、辣、咸五味作料，他东舀一点，西配一点，凭着灵性和经验配伍烹制，做成一道道全新的菜肴。中国菜的做法，来自中华民族的美学观念，来自中国人的哲学思想。古时候，称宰相为"鼎辅"，意思就是会调和五味的厨师，唐时有诗赞相国：盐梅金鼎美调和……

突然间，我感悟到一点什么：盘中五味原来来自人生五味！我从堂、柜、厨中走出来，从为"五子行"不平的义愤，升华为对人生的感叹，人物出现了新的意蕴，"福聚德"的兴衰故事里流淌出一股潜流。

作品风格也随之明朗了，我要按着调和五味，熔于一炉的方法，做一味酸、甜、苦、辣、咸俱全的"中国菜"。

三

好一座危楼，谁是主人谁是客？

只三间老屋，半宜明月半宜风。

上联是康熙皇帝为一家饭庄所题,下联是大才子纪晓岚的属对。

结尾,是一出戏的精华所聚,结得漂亮,可以给人无限回味,结得愚拙,会使全戏失色。因为它通常意味着戏的立意。这个戏的几易其稿,都在结尾上。

一直指导着我的于是之老师,对曾有的几个结尾都不满意,为此,我苦苦寻求了近一年。

偶然间,我发现了这副对联,立刻被它吸引。首先是"楼",福聚德从没有楼到盖起楼到这座楼金碧辉煌,突出的是以楼象征的事业。"危",有高和危的意思,正符合剧中兴败的故事。更打动我的是"谁是主人谁是客?"戏中主人公卢孟实、常贵……自以为是事业的主人,其实"梦里不知身是客",可怜他们迎送了一辈子主、客,竟不知自己是主是客。能体现此种人生况味的,何止一个呕心沥血壮志难酬的卢孟实,一个含泪带笑一辈子终于含悲而死的常贵,一个看透世事愤世嫉俗的修鼎新?这副对联突破表意,直取人生,历经沧桑的人可为感喟,不甘于此之人可做呐喊,人生的苍凉,命运的拨弄,尽在一个问号之中。

斗转星移,时代更迭,不改当初旧景。"只三间老屋,时宜明月时宜风",我把原诗"半"字改为"时",意思似乎贴近了,却忽略了原对的对仗工整和平仄相对。演出后,经有识者指出,顿感自己古文功底的浅薄,进而反思到自己方方面面的幼稚和欠缺。

公演前,为便于宣传和观众理解,剧院要我以四句话概括全剧,现抄录如下作为文章结束:

桌前推杯换盏,盘中五味俱全;
人道京师美馔,谁解苦辣酸甜?

一九八八年八月

德龄与慈禧

人物表

德　龄　十八岁，裕庚公爵之女，聪敏，机智，大胆，善解人意。

慈　禧　七十岁，专横，威严，内心苦闷。

光　绪　三十四岁，睿智，郁闷，急躁。

隆　裕　三十五岁，不苟言笑，貌似母仪天下，实为虚伪。

容　龄　十七岁，德龄之妹，天真活泼，纯真可爱。

荣　禄　七十二岁，朝中重臣，慈禧情人。

李莲英　六十岁，太监总管，工于心计，表面恭谦。

长　寿　二十岁，慈禧内亲，口舌多，搬弄是非。

瑾　妃　二十七岁，光绪妃子，沉默寡言。

裕　庚　六十岁，朝廷驻外使节，思想开明，为官谨慎。

裕夫人　裕庚夫人，雍容大度，与人为善。

勋　龄　德龄哥哥，受西洋教育的八旗子弟，思维活跃。

福贝勒　慈禧为德龄指婚的八旗子弟，诸多陋习。

四　喜　小太监,聪明善良。

渤蓝康　俄国公使夫人,颇具心机。

太监、宫女数人。

第一场　码头

〔幕启。

〔沉闷的汽笛声。

〔一艘远洋巨轮停靠在中国天津的港口。早已等候在码头的朝廷官员立即忙乱起来,他们在场中放一张椅子,椅子上摆着一个木牌,上写"万岁万万岁"。

〔裕庚着清朝官服,快步上。他直接奔至椅子前。

裕　庚　啊哈,请圣安!(行清朝大礼)皇上、皇太后圣体安康!

荣　禄　皇上、皇太后安康。

裕　庚　吾皇万岁,万万岁!

〔这是远行在外的官员回朝后要做的第一件事:"请圣安"。下人撤去椅子,两人重新见礼,从热情的程度可看出两人关系不同一般。

裕　庚　裕庚参见荣禄大人,不,现在是荣中堂了。

荣　禄　什么大人、中堂的，少跟我来这一套。

裕　庚　李鸿章李中堂去世，兄台你荣升中堂，我没有叫错啊。

荣　禄　我问你，怎么走了这么些日子？

裕　庚　从法兰西到中国，船要走一个月。

荣　禄　可你走了两个月。

裕　庚　我……（稍有支吾）又顺便去欧洲其他国家走了走。

荣　禄　去干什么？

裕　庚　（掩饰地）我，我去转了转。

荣　禄　你还有心情游山玩水？

裕　庚　朝廷和八国联军签了和约，平息了"拳匪之乱"，我这个大清驻西洋特使也不做了，以后再出使的机会恐怕也没了，我何不趁机会到处看看。

荣　禄　你知道吗，日本和俄国宣战了。

裕　庚　果然打起来了。

荣　禄　还是在我们的东三省。

裕　庚　日本和俄国竟然在我们的国土上打仗，真是千古奇谈。这是继八国联军之后的又一出好戏。

荣　禄　你这是什么口气？

裕　庚　我现在无官一身轻，想说什么就说什么。

荣　禄　你呀，老脾气改不了，倔头。我告诉你，那些人对你的弹劾一直没断过。

裕　庚　弹劾我什么？

荣　禄　说你反对杀洋人、烧教堂，还说你吃洋教，中了西洋人的邪。

裕　庚　事实证明我对了，如果不是一开始就对洋人那么激烈，也不至于签订《辛丑条约》，又赔了十万万两银子。

荣　禄　还说，你在外国见了庆王不请安，把大清的三跪九叩都改成拉手了。

裕　庚　（笑笑）还有吗？

荣　禄　有，说你放纵两个女儿，竟然叫外国男人轮流用手围着她们的腰跳舞，还……（一急，说话就结巴）还还还还……

裕　庚　（笑）你也还是老毛病，说话一急就结巴。

荣　禄　你正经点。

裕　庚　你接着说。

荣　禄　说你让一个陌生男人，在大庭广众面前和你的女儿搂搂抱抱，又拍肩膀又亲嘴，唉，说得太难听了，我还是别重复了。

裕　庚　无聊！你信吗？

荣　禄　我当然不信，我当面就反驳他们，我说裕庚是我的同窗老友，几十年同朝为官，他是一个十分严谨正派的官员，他的两个女儿，（对庚）这么些年虽然我没见过，她们可是最规矩的闺门小姐，大门不出，二门不迈，行不露足，笑不露齿，别说和男人搂搂抱抱，就连男人的手都没碰过一下，见了男人就像见了瘟疫一样立即躲开……

〔裕庚刚想说话，传来一阵女孩子清脆响亮的笑声。荣禄不觉一愣，德龄、容龄追逐着，从船舷上跑下来。

德　龄　我说得对！

容　龄　我说得对！

德　龄　我们问daddy！

〔两姐妹围住裕庚。

德　龄　Daddy，妹妹说，岸边那些风车是用来装饰田野的。

容　龄　就是嘛，就好像荷兰的田野一样。

德　龄　我说，是用来增加风速的，好令空气流通。

容　龄　Daddy，你说谁对嘛？

〔两女拉扯着裕庚，裕庚任凭她们撒娇。荣禄看得睁大了眼。

裕　庚　你们两个说得都不对，这些风车是用来汲水浇田的。

两　女　浇田？

裕　庚　对，这样能节省很多人力。

容　龄　还有，我们看见很多人在拉船，为什么他们不用机器？

德　龄　为什么好多人都不穿鞋？

容　龄　为什么他们穿的衣服那么肥大？

裕　庚　好了，这些问题我有空儿再回答你们，你们先来见过荣禄荣大人。

〔两女大方地走到荣禄面前，伸出一双玉臂。

荣　禄　（不知所措）这……这是……

裕　庚　（笑而不答）

容　龄　这是西洋礼节，我们见到男宾就要伸一只手，您呢，就轻轻托住我的手，放在嘴上吻一下。

荣　禄　什……什么？

德　龄　来，我教您。

〔德龄教荣禄去吻容龄的手，荣死也不肯。

荣　禄　不，不……

容　龄　（拉着荣禄）您试试嘛。

荣　禄　（躲开）这……这叫什么礼？

德　龄　这是对女子最大的尊重。

荣　禄　我的天，跟咱们天朝正相反！（对裕庚）这就是你的两位小姐？

裕　庚　（介绍）德龄，容龄。你忘了，她们小时候你见过的。

荣　禄　（打量着两人的装扮）她们穿的衣服怎么这么窄？裕庚，你也太节省了。

容　龄　（笑）荣禄uncle，这是旅行的便装。

荣　禄　"变"装？怪不得人家说洋鬼子女人能"变"男人！

容　龄　（笑）哎呀，是方便的便，你看，蹲下，起立，走路，踢腿多方便。

〔容龄不拘礼教的动作，吓得荣禄直闭眼。

裕　庚　行了，别吓坏了荣大爷。

德　龄　Daddy，我喜欢这儿。

容　龄　我想回巴黎去跳舞。

荣　禄　（又吓了一跳）跳……跳舞，和男人跳舞？

容　龄　是啊，难道和女人跳？

荣　禄　裕庚，我开始相信那些人说的话了。

裕　庚　容龄说的是一种社交方式，不是去做舞娘。

容　龄　（不解地）他怎么会想到我去做舞娘？

裕　庚　好了，去帮你们母亲收拾行李吧，叫哥哥把车开去中堂府。

德　龄　我们住在什么地方？

荣　禄　我为你们一家子准备好了中堂府。

容　龄　中堂府是什么地方？

裕　庚　就是原来李鸿章李中堂的府邸。

容　龄　中堂是个什么官？

裕　庚　相当于外国的总理。

容　龄　（高兴地）我们住在总理府呀！总理府有没有游泳池？有没有网球场？有没有开party的大厅？

〔容龄拉着荣禄问，荣禄避之不及。

裕　庚　（解围）好了，去吧。

容　龄　荣禄uncle，good-bye！

荣　禄　（不知如何回答）啊，够白？你够白。

〔两女不知荣禄讲些什么，大笑着跑下。

荣　禄　（这才喘过口气）我说裕庚，你这两个女儿，说话，走路，连笑的声音都和洋人一个样。

裕　庚　她们是在外国长大的嘛。

荣　禄　她们说的话我都听不懂。

裕　庚　她们说的可是中文。

荣　禄　可她们一点中国的事都不懂。

裕　庚　懂得不多。

荣　禄　（急）完了，完了！

裕　庚　怎么了？

荣　禄　为了给你说好话，我在皇太后面前把她们说得像闺阁小姐一样。

裕　庚　多谢你的一番好意，反正她们也见不着太后。

荣　禄　（急）哎呀，你……你你……（结巴）你不知道……

〔传旨太监上。此位传旨太监在剧中多次出现，可作为时空转变换场等多种用途，不必拘泥时间、地点。

传旨太监　圣母皇太后懿旨：宣裕庚夫人带裕庚德龄、裕庚容龄择日入宫晋见！

〔两人都愣住了。

荣　禄　还不快谢恩？

裕　庚　（跪）谢皇太后，万岁，万岁，万万岁！

第二场　中堂府

〔换景期间，暗暗的灯光下，可以看见裕庚艰难地站起身来，裕庚夫人扶起他。

〔场景迅速地转换至中堂府。

裕夫人　慢一点。

裕　庚　不……不要紧。

裕夫人　你的腿病不能再拖了，朝廷不是同意我们去上海治病吗？

裕　庚　等你们见了太后再说吧。

裕夫人　真是奇怪，太后怎么知道德龄、容龄的？我记得她们出世的时候，你没有把她们的名字写进"秀女册"啊。

裕　庚　那是为了避免她们年满十四岁就要入宫候选宫妃。

裕夫人　想不到还是躲不过进宫这一关。

裕　庚　如果太后只是想见见你们母女，倒也没什么，就怕……

裕夫人 （紧张）太后会不会知道了你去欧洲考察君主立宪的事？

裕　庚 张之洞大人策划的这次变法进行得十分严密，除了少数几个大臣，京官里没人知道。

裕夫人 这件事如果走漏了风声，要牵扯到张之洞等许多大臣。皇太后是最反对维新的呀！

裕　庚 别慌，事情还没弄清楚，不能自己先乱了方寸。

裕夫人 太后是不是想从孩子们的口里找到证据？这两姊妹，德龄任性自负，主意又多，容龄天真幼稚，是个孩子，进了宫非闯祸不可。我看，这件事还是求求荣禄，他和皇太后青梅竹马，关系不同一般，让他向太后求求情，也许能免她们姐妹进宫。

裕　庚 嘘——，荣禄和太后的事可不能乱说，这也是掉脑袋的事。

裕夫人 我也是急不择言，况且是和你说话。不过你还是想想办法，别让她们两姐妹进宫吧，我真担心她们会闯祸。

裕　庚 唉，是福不是祸，是祸躲不过。

〔德龄与容龄的笑声传来，清亮，无拘无束。她们和哥哥勋龄在新居中游览。

容　龄　Daddy，你回来了。皇上批准我们去上海了吗？

裕　庚　这儿还没住定，又想去上海？

容　龄　我不喜欢这座庙。

裕　庚　这哪儿是庙？

容　龄　就是庙嘛，我都快变成和尚了。没有社交，没有舞会，没有朋友，没有音乐，不能打网球，不能游泳……

勋　龄　小姐，你以为这是巴黎？

裕　庚　（发现德龄在四处观看）德龄，你在数什么？

德　龄　住进来半个月了，我怎么也数不清这座房子有多少道门？

勋　龄　这所大宅子原来是李鸿章的中堂府，一共有一百七十五间房子，一百七十五扇门，加上大门、旁门、角门，一共一百九十九道门。

裕　庚　勋龄，你怎么知道得这么清楚？

容　龄　二哥天天在园子里走来走去，还照了好多相呢？

德　龄　我喜欢这里，小小的池塘，养着金鱼，长着荷花，架着小桥，盖着凉亭，多有诗情画意！

容　龄　你在作"十四行诗"呀？

德　龄　就算是作诗，也是作"五言七绝"，你真是什么都不懂。

容　龄　我根本就不想懂，也不欣赏什么"荷花、小亭"，我要回霍契街的公寓，我要坐蒙休公园的四轮马车，我要重开曼特蓝堡的舞会。

德　龄　你呀，成天想着巴黎、欧洲。

勋　龄　想也没用，不如做点正经事，把我照的照片寄给《费加罗报》，再加一篇特稿——《阴魂不散的中堂府》，保险轰动巴黎。

容　龄　啊，你是想借机会出名！

勋　龄　有什么不可以？这有利用价值嘛。

德　龄　我可不给你利用。

勋　龄　把你的照片登在报纸上，题目是《中堂府里的丽莎》。

德　龄　不行，不行！

〔一仆人上。

仆　人　老爷，湖广总督张之洞大人求见。

裕　庚　(与裕夫人交换眼色)快请！(对德龄等)刚才你们讲的那些话只可以在家里说，明白吗？

容　龄　不明白。为什么我们在自己的国家反而连说话的自由也没有了？

裕　庚　你们还不了解中国。

〔裕庚和夫人下。

容　龄　Daddy回了国好像变了另一个daddy。

勋　龄　可能是头叩得太多了。

德　龄　听说，自从李鸿章死了以后，这房子一直空着，没人敢进来住。

容　龄　那为什么给我们住？

勋　龄　因为他们知道父亲不怕鬼，我们一家都不怕鬼。

容　龄　本来就没有鬼，人死了就变成天使，飞上天堂。

勋　龄　这是基督教的说法，中国说这样的人是"吃洋教"，要杀头的。

容　龄　信基督也要杀头？

德　龄　所以爸爸不让我们乱说话嘛。

容　龄　这些大缸是做什么的？

勋　龄　救火用的。

容　龄　这么一点水怎么救火？

勋　龄　（煞有介事地）有一年天下大雨，一个霹雳，一间大殿突然起了火，怎么也救不熄，眼看就全烧完了，只见殿前的几口大缸突然冒出水来，直扑火苗，那火立刻就熄灭了。

容　龄　（听得愣神，忽然大笑起来）胡说，骗人！

勋　龄　这叫祖宗阴德，关二爷显灵。

容　龄　关二爷是不是头上长着三只眼的那个怪物？

勋　龄　罪过，罪过！

德　龄　我听说，这些大缸是用来储水的。

容　龄　这里的大人们又不种田。

德　龄　是用来喝的。

容　龄　这么脏，怎么喝？

德　龄　中国的古书里这样写，储下春天的第一场春雨，或者冬日的第一场雪花，放在特别的花瓮里，埋在地底下，最少五年，然后再拿出来冲水沏茶。听说，皇太后的舌头不但品得出茶叶的年龄、产地，还分得出沏茶的水是江水、湖水、井水还是陈年雪水。

容　龄　我的天！

德　龄　（向往地）紫禁城是一个神秘的地方，那里住着一个专横的女皇和一个没用的皇帝。皇太后每天要用玫瑰花瓣上的露水洗脸，吃一顿饭要杀一百只鸡。

容　龄　那么多鸡怎么吃？

德　龄　她只吃鸡的舌头。

〔容龄大笑起来。

德　龄　那个皇帝每天一早醒来，一动也不动，连衣服都是别人给他穿的。然后他就坐在那儿吸鸦片，喝香茶，望着天等天黑。

容　龄　太可怕了。

勋　龄　你从哪儿听来的？我不信。

德　龄　信不信，都要亲眼去看看。

容　龄　没什么好看的，我不去了。

勋　龄　不去就是抗旨，老佛爷一生气，(学女人口气)来呀，赏她一匹白绸子。

容　龄　(天真的)给我做晚礼服？

勋　龄　赐你去上吊。

容　龄　你又胡说！

勋　龄　(跑开，故意地)你来追我呀。

容　龄　(抬腿就追，立刻跌倒在地)

勋　龄　(笑)

〔容龄追不动，急了，她把长裙解掉，原来她的腿上拴着两道绳子，迈不开步。

容　龄　(用力解着绳子)什么烂绳子，不要，不要！

〔裕夫人上。

裕夫人　容龄，你在干什么？

容　龄　妈妈，我不要这些绳子。(继续解)

裕夫人　系上。

容　龄　妈妈！

裕夫人　不准任性。

容　龄　不准我说话已经够受的了,怎么连走路的自由都没有了呀?

裕夫人　你们就要进宫,平时那种龙行虎步的样子,是要被斥为没有仪态的,你看姐姐都系得好好的。

容　龄　(直率的)她愿意进宫,她想去见那些怪物,她喜欢喝那些雨水。

德　龄　妈呀,你听她说什么呀?

裕夫人　好了,想去也好,不想去也好,都要去。给她们戴上。

〔侍女为德、容戴上"两把头"。

容　龄　这又是什么?

裕夫人　这叫"两把头",宫里的女人一定要戴的,而且还要插上许多珠宝,差不多有七八斤重,你们先习惯一下,免得到时候出错。

〔两女戴上"两把头",腿上系着绳子,样子很古怪,勋龄看着笑。

容　龄　笑什么?难看死了。

勋　龄　这一篇叫《巴黎社交风头女郎的新头饰》。

〔这次是两女一起大叫"不准!"

裕夫人　(制止地)勋龄。现在我们练习请安。上次教你们的还记得吗?上身要直,双腿自然弯曲,前后要有一只脚的距离。开始。

〔德、容艰难地学请安,勋在一边偷笑。

德　龄　妈,我这腿……

裕夫人　宫里没有"我"字,要说"奴才"。

德　龄　妈咪呀……

裕夫人　在宫里不能叫妈咪,要叫"额娘"。

德　龄　额娘,奴才的这条腿实在打不过弯儿来。

裕夫人　那就多弯一会儿。

〔德龄上身直,下身弯,屈在那里,容龄看着好笑。

裕夫人　你也一样,弯下去,不准动。

〔两人都屈腿弯在那儿,不动。

裕夫人　叫你们改的习惯,都改了吗?

德　龄　我……不,奴才早餐不喝咖啡了,改喝小米粥了。

容　龄　她是喝完小米粥,再喝咖啡。

德　龄　你又知道。

容　龄　我看见的。

裕夫人　你呢?

容　龄　奴才——妈咪,这两个字太难听,我换个称呼好吗?

勋　龄　你想改大清国祖宗的章法呀?拉出去,打!

容　龄　妈呀,你看哥哥呀!

裕夫人 勋龄,你父亲叫你背的《上梁王书》,你会了吗?

勋　龄 我……

容　龄 他正忙着背《少年维特之烦恼》呢。

裕夫人 等会儿,父亲要带你去见大学士绍英,商量送你去太学读书的事。

勋　龄 (无奈耸耸肩,摇头晃脑地背起来)"臣闻忠无不报,信不见疑,臣常以为然,徒虚语耳。昔荆轲慕燕丹之义,白虹贯日,太子畏之,卫先生为秦画长平之事,太白食昴,昭王疑之。夫精变天地,而信不谕两主,岂不哀哉!……"(边背边下)

裕夫人 容龄,早餐之后你做什么?

容　龄 不再打网球,改做针线刺绣。我真不明白,商店里什么都有得卖,为什么要自己绣?

裕夫人 这是用来磨炼女孩子的耐性。你们绣了些什么?

德　龄 我绣了一个香袋。

容　龄 (不甘落后)我绣了一个荷,荷——(说不出来,拿出一个荷包)荷包蛋!

〔德龄大笑。

裕夫人 (也忍不住笑)这是用的荷包,不是吃的荷包蛋。

容　龄 (叫)妈,我实在坚持不住了。

裕夫人 起来休息一会儿吧。

〔两人刚要起身。又被喝住。

裕夫人 忘了什么?

〔两人惘然。

裕夫人 想一想。

德　龄 (想起)谢太后!

裕夫人 还是德龄用心点儿。

容　龄 (小声地)她喜欢进宫嘛。

裕夫人 记住,凡是太后的命令一定要谢恩。

容　龄 如果她命令要打我呢?

裕夫人 也要谢恩。

容　龄 我可不可以不进宫去?

裕夫人 (无奈)王命不可违。

容　龄 我实在记不住这么多古怪的规矩。

裕夫人 尤其你更要记住,不可以随便笑,不可以随便讲话,吃东西不能太快,喝水不能出声。

容　龄 我才不喝他们的水。

裕夫人 还有,你们两个的话太多,记住,在宫里,没有问你们,你们不能说话。

德　龄 你说的我都记得差不多了,就是什么时候磕头、什么时候不磕头,我分不清。

裕夫人 这是宫里的一门学问,好比看戏鼓掌一样,要恰到好处。不过你们初去，宁可多磕头，多磕头总比少磕头好。唉，不是妈妈为难你们，朝廷里一直有人弹劾你们父亲，慈禧太后突然要见你们，不知是祸是福，你们的一举一动都可能惹来杀身之祸。

德　龄　妈妈，去见皇太后是一件新鲜好玩的事，为什么你这么忧愁？

裕夫人　德龄，你从小就聪明胆大，主意多，爱出风头，这在西方人的眼里被看成突出的个性，可是在我们自己的国家，大胆创新的人往往没有好下场。

德　龄　我不明白。

裕夫人　这次进宫，妈妈没有别的要求，你们只要不说话，不出声，乖乖地跟着我熬过这几个时辰，就逃过大难了。

〔德龄有些不明白。

〔仆人将中式旗装捧出。

裕夫人　去房里穿起来吧。

〔德龄、容龄在仆人帮助下欲试穿旗装。

〔传旨太监宣旨。

传旨太监　圣母皇太后懿旨：宣裕庚夫人带裕庚德龄、裕庚容龄明日辰时三刻颐和园晋见，特准穿西服进宫，钦此。

裕夫人　着西服进宫?！快……

〔又是一阵忙乱。

〔场灯转暗,换景至下一场。

第三场　颐和园长廊及仁寿殿

〔换景的同时，站在演区外的传旨太监宣读例牌的每日奏折提要。

传旨太监　光绪三十一年三月初三，军机处奏：日本军进攻旅顺港，击沉俄国军舰亚利山大号一艘，巡洋舰三艘，俄国远东舰队大败……

〔皇后隆裕一脸疲倦，朝传旨太监挥挥手。

隆　裕　（听厌）行了，你们有没有那些不打仗的奏折？

传旨太监　（马上换了一张）河南省黄河河水泛滥成灾，十万乡民无家可归，哀鸿遍野，流离失所，路有食人者……

隆　裕　（手托着腰）大早上的，不是人祸就是天灾，别念了，别念了！

〔长寿上。

长　寿　长寿给皇后主子请安！

隆　裕　免了吧。(扶腰)哎哟!

长　寿　(忙扶住)主子又值了一个通宵?

隆　裕　连眼都没合一下。

长　寿　老佛爷起来了吗?

隆　裕　刚起,李莲英正侍候着梳头呢。

长　寿　(替隆裕捶着腰)记得戊戌变法那阵子,老祖宗让咱们内眷值夜更,怎么这阵子又开始了呢?

隆　裕　其实老祖宗一直就只信任宫眷,我从进了宫就没睡过一夜整觉,几乎天天都睁着眼站到天亮。

长　寿　这是老祖宗对主子的恩宠,谁让主子是老祖宗的内侄女又是大清的皇后呢。

隆　裕　(苦笑)这么说这还是我的福气。我宁可不要这份恩典,能让我每天睡个安稳觉,每顿坐着吃个踏实饭,我就心满意足了。一会儿,老祖宗要在仁寿殿召见裕庚的夫人和他两个姑娘,你知道了吧?

长　寿　是不是刚从西洋回来的那一家子?奴才听说这一家子可怪了,说的是洋活,穿的是洋服,那两位小姐管父亲叫"鞋底",管额娘叫"马迷"。

隆　裕　(笑)那是洋文。

长　寿　奴才还听说,她们一见着男人就伸出手要赏。

隆　裕　也是西洋礼节,伸出手是叫人家闻闻,不是要赏。

长　寿　哎哟，奴才听着都脸红。

隆　裕　各国有各国的礼节，咱们刚进关的时候行的飞禽大礼，汉人还以为咱们要打人呢。

长　寿　我是担心老祖宗见着她们人不人鬼不鬼的样儿，惹她老人家生气。

隆　裕　那也是她老人家自己叫她们来的，不关咱们的事。

长　寿　我真不明白，老祖宗最讨厌洋人，怎么想起来要见她们？

隆　裕　老祖宗心里的事，谁也猜不透。裕庚做过几个国家的外使，庚子之乱的时候，只有他反对用义和团激怒洋人，要是早听了他的话，也许不至于八国联军火烧北京城。老祖宗口里不说，心里也在琢磨，后来弹劾他的奏折太多了，才把他调回来。这次召他的夫人女儿进宫，一定别有用意。

长　寿　（一贯幸灾乐祸）说不定把她们叫来教训一顿，这回有戏看了。

正太监　皇后娘娘，裕大太太和两位小姐已经在外头候着了。

隆　裕　传她们进来。

〔裕夫人、德龄、容龄穿着西式晚礼服上。拜见皇后。

裕夫人等三人　参见皇后娘娘！

隆　裕　你们娘儿仨远道而来，先坐下吃点点心吧。

〔容龄听到想笑，被裕夫人用眼色制止。

裕夫人　谢皇后，刚才已经吃过点心了。

〔长寿一直上上下下地打量她们。

长　寿　她们就是外国生的德龄、容龄？

裕夫人　她们都生在中国，只是很小的时候就跟我们出使外国了。

长　寿　怪不得她们简直就跟外国人一个样。你们的裙子这么长，走路会不会踩着？

裕夫人　穿惯了就不会。

长　寿　她们头上插那么多羽毛，表示她们是什么官衔儿？

裕夫人　外国女子头上插羽毛只为了美观，不代表官阶。

长　寿　为什么她们不戴珠宝，是不是你们不富裕？

〔容龄又想笑。

裕夫人　（用眼神制止）外国女子的帽子不像咱们的两把头，一般不佩戴珠宝。

长　寿　我想看看你们的鞋。

〔德龄拉起裙角。

长　寿　（大叫起来）哎哟，主子快来看，她们鞋跟不在脚中间，安在脚后跟。

容　龄　所以叫高跟鞋嘛。

长　寿　（吓了一跳）哎哟，敢情她们会说中国话！

隆　裕　长寿是恭王的女儿，是老祖宗最宠爱的女孩，比你们大不了多少，你们别介意。你们初来乍到，我把宫里的规矩跟你们说说。在宫里，老祖宗的话就是法律，连皇上也得听老祖宗的。她高兴我们就得随着笑，她生气我们就得发愁，她没问的时候，不准说话，她要做的事，不准阻拦，她不想做的事，绝对不能做。我是宫里负责执法的主子，谁错了也一样罚。话说在头里，到时候别怨恨。

长　寿　主子一说"嘘"，就表示你错了，你就得赶快认错。

〔传来一阵类似赶鸟的"哧、哧"声，表示慈禧要到了。

隆　裕　老祖宗来了，这两天她的脾气不好，因为日俄开战的事心烦。裕大太太，你先带两位姑娘到廊子下头坐一会儿，等我给你们传了，你们再上来。

〔裕夫人等退下。

〔李莲英打着"哧"声，隆裕等垂手而立，慈禧上。此时她年届七十，但保养得很好，看上去只有五十岁。她身后跟着一支队伍，捧着梳妆盒、痰盂、矮凳、茶具、遮阳伞……像一个会走的寝室。身旁跟着宫女、太监，还有瑾妃。瑾妃是珍妃的姐姐，人很胖，木讷，少言，仿佛对一切都漠不关心。

慈　禧　（一脸不悦）我说过多少次了，平地不要扶，瞅你们这么搀着架着的，好像我是七八十岁的老太太。

李莲英　嗻！

慈　禧　别这么一层一层地围着我，围得人透不过气来。

李莲英　散开，散开。

慈　禧　园子里的玉兰花怎么还不开？

李莲英　回老佛爷，今年春寒。

慈　禧　胡说！

李莲英　嗻！

慈　禧　把种花的给我打出去。

李莲英　嗻！

〔李莲英看出慈禧要坐下，忙指挥着那支队伍，很快布置出一个舒适的小环境。

〔隆裕等在慈禧面前请安。

隆裕等　老祖宗吉祥！

慈　禧　（指瑾妃）这件袍子又穿错了，你呀，最不懂穿衣服，还不去换一件！

〔瑾妃惶恐地退下。

慈　禧　年轻轻的穿件蓝袍子，看了叫人憎厌。把今天早上做烧卖的给我叫来。

153

李莲英 传御膳房四喜!

〔"传四喜"的声音依次而去。

〔隆裕敬茶。

慈　禧 （望了一眼）什么水?

隆　裕 （小心地）回老祖宗,是前年西山梅花瓣儿上的第一场瑞雪。

慈　禧 （呷了一口）是去年的,倒了。

隆　裕 （恐慌）是。

慈　禧 有奏折吗?

隆　裕 有。

慈　禧 念!

传旨太监 大学士光其启奏:外衅危迫,分割存至,宜急发愤,革旧维新,舍变法外别无他路,谨请太后以江山为重……

慈　禧 （不等念完）拿过来。

李莲英 嗻!（将奏折呈上）

慈　禧 （几把撕碎）

〔四喜上。

四　喜 叩见老祖宗!

慈　禧 今天早上的烧卖是你做的?

四　喜 （胆怯地）是……是奴才做的。

154

慈　禧　李二和王玉山呢？

四　喜　他们被王爷府借去招呼洋人了。

慈　禧　（厌烦）又是洋人。做得不错，就是皮没你师傅擀得薄。

四　喜　（一时欣喜）明天老祖宗再试试。

慈　禧　叫你告诉我吃什么？

隆　裕　（表示警告）嘘——

四　喜　奴才该死，奴才一时高兴，忘了规矩。

慈　禧　自己打十个嘴巴，滚下去。

〔四喜惶恐地退下。

慈　禧　李莲英。

李莲英　嗻！

慈　禧　给他涨四两月银，调进大内当差。

李莲英　嗻！

慈　禧　（眼尖地）廊子下头站的是什么人？我说了，不见俄国公使夫人，你们怎么还是让她跑进来了？

隆　裕　（忙上前）老祖宗，那不是俄国公使夫人，是您前两天吩咐进宫的裕庚太太和两位小姐。

慈　禧　我倒忘了，传她们过来。

李莲英　老佛爷传裕大太太带两位小姐晋见！

〔裕、德、容手托长裙，循序而进，款款走到慈禧

155

面前。

裕夫人 拜见圣母皇太后。(欲行大礼)

慈　禧 你们穿着西式洋装,不要行大清的礼了,就行西礼吧。

裕夫人 谢皇太后!

〔三人按西式礼节参拜,所有人都看得入神,慈禧也直着眼睛看。

慈　禧 倒也有个模样。不过你们,尤其是你们俩,要快点学会行咱们大清的礼。

裕夫人 (刚要答话)……

〔德龄突然上前一步。

德　龄 老祖宗,奴才也会行大清的礼。

〔德龄忘了母亲和皇后嘱咐的宫里规矩,裕夫人吓了一跳,慈禧也愣了。

隆　裕 嘘——德龄,老祖宗没有问你。

裕夫人 (连忙)奴才德龄不懂得宫里的规矩,老祖宗恕罪!

隆　裕 (欲执法)德龄听罚——

慈　禧 (摆摆手)你就行一个给我看看。

德　龄 是。

〔德龄行清朝请安礼,颇耐看。

慈　禧 嗯,还是咱们大清的礼斯文好看。

德　龄　（欣喜地）谢老祖宗！

容　龄　（不甘落后）老祖宗，奴才还会三跪九叩呢。

隆　裕　嘘——

慈　禧　（被容龄的天真逗笑）哦？

容　龄　奴才行给老祖宗看……

隆　裕　（遏止）裕庚容龄！

慈　禧　别吓唬她。

〔容龄欲行大礼。

慈　禧　行了，行了，一会儿，你那条长裙子绊你一个大跟头！（笑）

〔众人都笑了，气氛缓和了许多。

慈　禧　裕太太，我看你这两个女儿教得不错，不但懂得礼节，还很活泼，怎么我听说，她们连中国话都不会说呢？（望一眼长寿，长寿忙低下头）

裕夫人　谢老祖宗夸奖，这些年虽然在外国，我和裕庚一直没敢疏忽对她们的汉文教育。

德　龄　奴才不但会说中文，还会说英文、法文、意大利文呢！

隆　裕　嘘——

慈　禧　你别老"嘘，嘘"的了，就叫她说两句咱们听听。

〔隆裕不高兴。

德　龄　（英）My salutations, your Majesty.

　　　　（法）Mes hommages, votre Majeste.

　　　　（意）I miei omaggi, Maesta.

慈　禧　你叽里咕噜，说的这都是什么呀？

德　龄　奴才用英、法、意三种语言说：老祖宗吉祥如意！

慈　禧　（很高兴）难为这孩子这么聪明，你小小年纪怎么会说这么多国的话？

德　龄　奴才爱学习，爱看书。

慈　禧　我最喜欢爱念书的孩子。

　　　　〔换了衣服的瑾妃上，她穿的衣服颜色还是很难看，慈禧瞥了她一眼，没说话。

慈　禧　总比那些傻乎乎、呆头呆脑的强。

裕夫人　老祖宗太夸奖她了。

慈　禧　拣几匹好看的缎子，给她们娘儿仨做衣服。

李莲英　嗻！

裕夫人等　谢老祖宗！

　　　　〔一太监上。

王太监　俄国公使夫人渤蓝康求见！

慈　禧　（烦）又是她，这个女人千方百计要见我，你们说见不见？

隆　裕　早上军机处奏折，俄国被日本打沉了四艘军舰，她来八成是为了战争的事,老祖宗别见她。

〔慈禧扫了一眼瑾妃,意思是让她出个意见。

瑾　妃　(木然地)主子说得对。

长　寿　(牙尖嘴利)她越想见老祖宗,老祖宗越不见她,不给她面子。

〔德龄想说话,被裕夫人用眼光制止。被慈禧看出。

慈　禧　德龄,你想说什么?

德　龄　在外国,被拒绝召见是一件十分丢面子的事,再说俄国公使在中国就代表俄皇,不见不太合乎外交礼节。

慈　禧　依你说呢?

德　龄　不如召见她,看她说些什么。

慈　禧　如果我召见俄国公使夫人,你能做翻译吗?

德　龄　(大胆地)奴才不会说俄文,可一般出使外国的使节和夫人都会讲英文。

裕夫人　(瞪了德龄一眼)老祖宗,德龄年幼无知,不知天高地厚,更不懂得国家大事,老祖宗不可重用。

慈　禧　正因为她年轻,又不是朝臣,这件事她来做正合适。

〔裕夫人无法再阻止,只暗暗着急。慈禧走下黄缎盖着的位子,拉着德龄的手走到一侧。

慈　禧　俄国和日本在咱们的满洲海战,存心不良,俄国公使夫人一直想见我，这件事我很为难，不知她想说什么。

德　龄　不论她说什么，奴才都会想办法回答，不叫老祖宗为难。

慈　禧　这样也好，但是你传话的时候要机灵点儿。

德　龄　我懂了。

慈　禧　（吩咐）把两年前俄国沙皇、皇后送的照片找出来摆上。

李莲英　嗻！

〔场灯熄灭，乐声中，慈禧等下场换装，同时场上换景。

〔舞台另一侧灯光亮起，传旨太监在那儿宣旨。

传旨太监　光绪三十一年三月初三，皇太后于颐和园仁寿殿召见俄国公使夫人渤蓝康。

〔灯光复起，已是颐和园仁寿殿。

〔慈禧端坐在宝座上，隆裕、长寿、瑾妃、裕夫人、德龄、容龄站在她旁边。

〔渤蓝康上。

渤蓝康　（虽行礼，但态度骄横）My salutations to your Majesty.

德　龄　参见皇太后。

慈　禧　免礼。

德　龄　Please don't stand on ceremony.

渤蓝康　Thank you, your Majesty. Our Emperor and Empress asked me to present a photograph of their to your Majesty. They also send their best wishes.

德　龄　（接过照片）沙皇、皇后送照片给太后，并问太后好。

慈　禧　（站起，接过照片）谢谢你们皇上，这两张照片我一定好好保存，你看，两年前他们两位送我的照片，我一直都放在身边，看见照片，就像看到他们二位一样。

德　龄　Her Majesty says that she'll keep the photograph with care. In fact she still keeps good care of the photo your Emperor sent her last time.

渤蓝康　（神色之间不以为然）

慈　禧　夫人在北京住得惯吗?

德　龄　Are you comfortable living in Peking?

渤蓝康　Quite well. Although winter time in Peking is very cold, it is still much warmer than in my country.

德　龄　她说，北京比俄国暖得多。

渤蓝康　But still, I think this particular winter in Peking is colder than usual. I trust it is because of the Russo-Japanese War.

（译文：不过今年北京的冬天有些冷，我相信和俄日战争有关系。）

德　龄　（眼睛一转）今年初北京有点冷，可能和心理有关系。

慈　禧　希望你能住得惯。刚才的饭吃得惯吗？

德　龄　How was the luncheon while ago?

渤蓝康　Oh, it was superb. I espccially liked that big meat ball dish.

德　龄　她说，好极了，她最喜欢吃那大肉丸子。

慈　禧　告诉她那叫"狮子头"。

德　龄　That dish is called the "'Lions' Head."

渤蓝康　（不解）Oh, "the 'Lions' Head"?

（译文：哦，狮子的头？）

慈　禧　你喜欢吃，我叫厨房多做些，给你带回去，也让公使大人尝尝。

德　龄　Her Majesty says, since you like it, she'll ask the royal kitchen to make some more, so that His Excellency the Minister Counselor can also taste some.

渤蓝康　But, the Minister Counselor is not in good mood these days due to the War. His appetite is not good either for the same reason. Does Her Majesty know about the battle field situation? The Japanese has taken the Lu Shuen

Harbour, our Russian soldiers have suffered a high toll to defend your land.

（译文：谢谢。不过公使这些天因为战争的事，心情胃口都不太好。皇太后知道前方的战争吗？日本人已经攻下旅顺，我们俄国的军队为了捍卫贵国的土地，已经付出很大的牺牲。）

德　龄　（在慈禧耳边说了几句）

慈　禧　日俄战争，我们遵守万国公约，保持中立。

德　龄　We maintain neutrality in the Japanese-Russian War, all according to the international laws.

渤蓝康　This is ridiculous. Japan and Russian are fighting on Chinese soil, and your Country still wishes to maintain neutrality?

（译文：真是可笑，日本和俄国在贵国的土地上打仗，贵国怎么能保持中立？）

德　龄　公使夫人也觉得，日本和俄国在中国的土地上打仗，是一件很可笑的事。（问渤蓝康）I wonder if you are representing the official stand of His Majesty the Emperor of Russia?

（译文：夫人的意见不知是否代表贵国皇上、皇后？）

渤蓝康　（一愣）Well, this is my personal opinion.

（译文：哦，这是我个人的意见。）

德　龄　But your Ladyship is nevertheless the wife of His Excellency the Russian Minister Counselor. You are being given an audience with Her Majesty in this very capacity.

（译文：但是你贵为公使夫人，你的话在我们看来就代表贵国立场。）

渤蓝康　（没料到德龄这一招）I... I said some of those words only half-jokingly...

（译文：我是半开玩笑……）

德　龄　There is no joke when two countries are dealing with each other. We would appreciate it if your Ladyship could take back what you have just said.

（译文：两国交往是不能开玩笑的，就请将前言收回。）

渤蓝康　（不悦）I...I take back.

（译文：我收回。）

德　龄　And you should also apologize.

（译文：您应该道歉。）

渤蓝康　Why?

（译文：为什么？）

德　龄　If not, we are going to put whatever you said on record and deliver it to your government as an official document.

（译文：如果不，我们就要把您的话记录下来，交给贵国政府。）

渤蓝康 （无奈）I take back what I've said before, and I apologize to Her Majesty.

（译文：我收回刚才的话，并向皇太后道歉。）

德　龄 Then, from my viewpoint, nothing has happened.

（译文：我就当没有事发生过。）

〔在场的人明显感到渤的变化，但因听不懂英文，都感到有些奇怪。

慈　禧 （问）刚才她说什么？

德　龄 Her Majesty asks what did you say?

（译文：皇太后问你刚才说些什么。）

渤蓝康 （掩饰）Oh, I...I like the dresses you ladies are wearing.

（译文：啊，我很喜欢你们的服饰。）

德　龄 公使夫人说她很喜欢咱们的旗装。

慈　禧 我送给你一套旗装吧。

德　龄 Her Majesty will present you with a Manchu lady's dress.

（译文：皇太后说送给夫人一套旗装。）

渤蓝康 （行礼）Thank you, your Majesty. I will wear it to visit you the moment the war is over.

德　龄 她说，谢谢皇太后，等天暖和了，一定穿上来拜见太后。

慈　禧　请夫人去看看园子。

德　龄　Her Majesty wishes that you visit the royal garden. The peony is in full bloom right now.

渤蓝康　Thank you, your Majesty. I beg to take my leave.

（译文：谢谢皇太后，我要回去了。）

德　龄　公使夫人要回去了。

慈　禧　请代我问候你们的皇上、皇后。

德　龄　Her Majesty sends her best regards to His Majesty the Czar and Her Majesty the Empress.

〔渤行礼，告退。德龄送出。

渤蓝康　（笑）Young lady, your English is excellent.

（译文：姑娘，你的英文很好。）

德　龄　Thank you. In fact I am only a beginner, and l know very little.

（译文：谢谢，我只是初学，才疏学浅。）

渤蓝康　No, you are very bright. I never realize that there are talented people like yourself in the Manchu palace.

（译文：你很聪明，想不到紫禁城里还有你这样的人才。）

德　龄　Actually there are lots of talented people in China. It is unfortunate that the country is being run by people who think themselves bright.

（译文：其实中国有许多杰出人才，只可惜我们的国家被一些自以为是的人统治着。）

渤蓝康　I hope to see you again.

（译文：希望还能再见到你。）

德　龄　There will be such opportunities l am sure.

（译文：会有机会的。）

渤蓝康　Good-bye!

（译文：再见！）

〔渤蓝康下。德龄很得意，刚转过身，裕夫人连忙拉德龄跪下。

裕夫人　德龄年幼无知，不会传话，太后恕罪！

德　龄　母亲，我并没传错。

慈　禧　我不懂俄文，也不懂英文，可我知道，渤蓝康夫人有的话你没有传，而我没说的，你又传了过去。

隆　裕　（严厉）德龄，你怎么能这样给老祖宗传话？

德　龄　德龄是为老祖宗好。

慈　禧　刚才有几句话，你没传上来，就替我回了话，是怎么回事？她说了什么？

德　龄　奴才知道老祖宗不想提战争的事，所以凡是她提到战争，我就装作不是忘了就是岔过去。后来她直接提出战事，语带威胁，我怕老祖宗不便回答，就自作主张，回了她的话。

裕夫人 老祖宗恕罪！

隆　裕 （例行公事）德龄虽是初次进宫，不懂得宫里的规矩，但是犯了欺君罔上的罪。

德　龄 （急）可……这是我和老祖宗一早说好了的。

隆　裕 犟嘴，罪加一等。

裕夫人 （惶恐）老祖宗、皇后宽恕！

〔慈禧在考虑如何处理。

〔光绪上。与此同时，传旨太监宣。

传旨太监 万岁爷驾到！

〔除慈禧外，所有人跪拜。

众　人 万岁爷吉祥！

慈　禧 （对德龄等）你们来见过万岁爷。

〔裕夫人、德龄、容龄向光绪行礼。

光　绪 （用纯正的发音）How do you do?

（译文：你们好！）

〔德龄、容龄十分惊诧。

德、容 We are fine, thank you, your Majesty.

（译文：好，谢谢您，皇上。）

光　绪 皇阿玛，刚才的召见儿皇在屏风后面都听见了，德龄的英文说得很好，传话有分寸，既没有得罪俄国公使夫人，又保全了我们的尊严。

〔德龄感激地望着光绪。

慈　禧　万岁爷听得懂你们说的洋话。

德　龄　万岁爷也学英文？

光　绪　（谦逊地）每天和同文馆的学生学一个钟头，才学了一年。

德　龄　一年就能听懂刚才我们的争论了？

光　绪　只能听个大概意思。

〔光绪对德龄的态度令隆裕很不快。以上隆裕执法是例行公事，下面则是有意的了。

隆　裕　老祖宗，德龄触犯宫规怎么处罪？

光　绪　（一向不满隆裕，板着脸）德龄何罪之有？

隆　裕　（不示弱）触犯宫规理当处治。

光　绪　宫规也是人定的，适当的就要通融。

隆　裕　规矩是祖宗定的，我既然执法，就没有通融。

光　绪　古板固执！

隆　裕　老祖宗！

〔两人僵持。

慈　禧　好了，我都没说要治罪。德龄，你传得很好，虽然我不像万岁爷听得懂你究竟说什么，但我看得出，渤蓝康前后的两种态度完全不同。你是破了我的例，虽然你之前还没有人敢这么做，却给我解决了一个心病。我不让你再离开我，我封你们姐妹做我的御前女官，从此就住在宫里陪伴我。

〔众感惊讶，裕夫人更加震惊，隆裕、长寿等显然不悦。

李莲英　裕庚德龄、容龄谢恩！

〔裕夫人忙拉二女谢恩。

裕夫人等三人　（跪下）谢老祖宗恩宠！

〔慈禧起身。

李莲英　老佛爷起驾回宫！

〔众人拥慈禧下，剩下裕、德、容三人。

裕夫人　我知道你们不愿意留在宫里，我们去找父亲想办法……

德、容　我们愿意！

裕夫人　愿意？

容　龄　皇太后并不可怕。

德　龄　皇上心地善良，谦虚有礼。

裕夫人　（忧心地）你们知道伴君如伴虎吗？

容　龄　他们不是老虎啊！

德　龄　（天真）就算是老虎，也是温顺的老虎。

裕夫人 （望着天真的女儿，无奈地摇着头）唉！

〔长寿没有走，满怀敌意地盯着德龄。

德　龄 你看什么？

长　寿 我想看看你有几个脑袋？！

〔宫中的各式挂钟一同响起，回声四起。

第四场　慈宁宫及游廊

〔晨。德龄大声地读着报纸，报纸是外文的，德龄即时翻成中文，四喜在为慈禧梳头。

德　龄　西历一九〇五年七月十日，英国《泰晤士报》引述俄国《圣彼得堡报》，俄皇尼古拉二世颁布宪法，允许选举产生议会，君主受宪法和议会的约束，实行君主立宪。

慈　禧　俄国也实行君主立宪了？

德　龄　现在欧洲许多国家都仿照英国，实行君主御治、议会共议政事的体制。

慈　禧　接着念吧。

德　龄　西历一九〇五年七月，英国《泰晤士报》，英王乔治五世和皇后在白金汉宫举行盛大晚宴，名流齐集，华灯齐放，火树银花……

慈　禧　"华灯"是什么？

德　龄　华灯就是电灯。

慈　禧　电灯有没有咱们的牛角灯亮？

德　龄　亮得多了，一盏电灯比十盏牛角灯还要亮。

慈　禧　"华灯齐放"是什么意思？灯不是一盏一盏点亮的吗？

德　龄　电灯用电来控制，一按开关，几百盏灯一齐亮起来，那景象真是辉煌啊！而且电灯特别明亮，就连地下的砖缝，房间的角落都照得清清楚楚。

〔四喜梳掉慈禧的一根头发，正设法掩饰。

慈　禧　如果我掉在地上一根头发，也能看得见吗？

德　龄　看得见。

慈　禧　咱们虽然没有电灯，可我也看得见！四喜，你梳掉我几根头发啊？

四　喜　（吓坏）奴才该死！

慈　禧　你死了，我的头发也长不上，叫它长上去！

四　喜　这……（极为惶恐，不知所措）

德　龄　老祖宗，掉了的头发怎么长得上去？

慈　禧　他们只知道脑袋掉了，长不上去，哪知道头发掉了，也长不上去？！

〔慈禧目露杀机，四喜已吓坏了，叩头不已。

慈　禧　我最恨人做事不小心。

德　龄　其实四喜做事很小心,人掉头发是正常的自然现象,旧的不脱落,新的就永远长不出来。

〔四喜感激地望着德龄。

慈　禧　这又是洋人的理论。为什么李莲英给我梳头,就一根头发也不掉呢?

德　龄　其实也掉,不过我看见他把掉下的头发都收在袖子里了。(德龄讲这句话不是告状,而是觉得好玩)

慈　禧　哦?

〔李莲英上,刚好听到,他狠狠地瞪了德龄一眼,但很快换上笑容。

李莲英　老佛爷,这是内务府刚送来的洋报纸,奴才不认得这些洋文,还是德龄姑娘看吧。

德　龄　(接过)谢谢。

慈　禧　你用不着跟他们说谢谢,你待他们越好,他们就越想着方儿糊弄你。

李莲英　(听出话音)老佛爷睡着都比我们醒着明白,谁敢糊弄老佛爷?

慈　禧　(不理睬)念吧!

德　龄　美国《华盛顿邮报》报道:伊斯曼公司发明一种小型照相机,这种相机在出售之前就装了能拍三十次的胶卷,用完之后只要把照相机和底片一起送回美国罗彻斯特的伊斯曼公司，那家公司就会将洗好的照片和装上新胶卷的照相机寄回给客人。

慈　禧　这倒是方便，我早就想照相，可是咱们的照片怎么能寄给外国人呢？

德　龄　奴才的哥哥勋龄会照相，也会把照片洗出来。

慈　禧　哦？那叫你哥哥进宫给我照相。

德　龄　是！

慈　禧　叫勋龄带上家伙，立即进宫，我今天就要照相。

德　龄　是，奴才家里有电话，打个电话他马上就能来，只可惜宫里边没有电话。

慈　禧　叫内务府马上给我装！

李莲英　嗻！

慈　禧　德龄，照相穿什么样的衣服好？

德　龄　照片只有黑白两色，老祖宗穿些花色分明，颜色亮丽的衣服，照出相来好看，其实老祖宗现在穿的这件就很好。

慈　禧　小李子。去给我拿一套首饰。

李莲英　喳！（下）

慈　禧　我以前只画过像，那个洋女人把我脸上涂得黑一块、蓝一块的。

德　龄　那是油画的明暗效果，画像没有照片真实。

〔李莲英拿来首饰，替慈禧戴上，慈禧照着镜子，很不满意。

慈　禧　我穿这身葡萄紫的袍子，配这套宝翠蓝的珊瑚首饰不成了个乡下老太太？

德　龄　如果戴上那套梅花形的珍珠花，再配上那串宝石绿玉的蝴蝶璎珞，那才合衬。

慈　禧　嗯，有道理。你能给我拿来吗？

德　龄　（爽快地）我试试！

李莲英　我带姑娘去。

慈　禧　（有意考察）把钥匙给她。

〔李莲英只好把钥匙拿出来，交给德龄。德龄下。

慈　禧　小李子，你过来。

李莲英　嗻。

慈　禧　让我看看你的袖子。

李莲英　（汗下）嗻！

慈　禧　（看）也和别人的没有什么不一样嘛！

李莲英　没……没有。

慈　禧　我以为你外面穿一层，里面套一层，里外不一。（慈禧望着李的眼睛，一语双关）

李莲英　（吓坏）奴才不敢！

〔德龄拿珠宝上。

德　龄　老祖宗，是不是这一套？

慈　禧　（很高兴）你从来没进过我的珠宝库，怎么一去就拿准了？

德　龄　我常听老祖宗吩咐什么首饰放在什么柜子的第几层，就记住了。

慈　禧　好聪明的孩子，从今天起，由你给我管理珠宝，女人总是知道女人的心意。（对李）把钥匙交给德龄。

李莲英　（心里极不高兴，但不敢表示）嗻！

慈　禧　现在你跟我来，我要把珠宝一样一样交代给你。小李子，这几天我让你记下要更换的东西，都交代了吗？

李莲英　都记下了，只等老佛爷下谕旨。

慈　禧　西洋人男女不分，乱爱乱伦，我受不了，可是他们那些新鲜的玩意儿，咱们不妨利用一下，这叫中学为体，西学为用。告诉内务府，赶紧筹办。

李莲英　遵旨！

慈　禧　咱们走。

〔慈禧拉德龄下。

李莲英　（心中恼火，学着德龄口气）"我试试"，"我试试"，不定哪天就把脑袋给试掉了！（对传旨太监）传太后谕旨。

〔传旨太监宣读懿旨。

传旨太监 圣母皇太后上谕:东暖阁的窗户纸改换玻璃,朝堂的牛角灯改换电灯,养心殿的金刚砖改用木地板,御膳房即日起增加西点,养心殿、储秀宫安装电话。着令内务府即刻办理,不得贻误。钦此!

〔宫女、太监在李莲英的指挥下,穿梭般忙碌着。场灯变化显示时间的更替。

隆　裕 都给我站住。

〔所有人原地站住。

隆　裕 你们没头苍蝇似的跑什么哪?

〔李莲英忙回话。

李莲英 回皇后娘娘,老佛爷一口气下了六道上谕,奴才们正加紧地办呢。

隆　裕 这可是祖制上从来没有的事。东暖阁的窗户纸是御纸库特制的"玉版宣",养心殿的金刚砖是明朝的遗物,朝堂的牛角灯从祖宗登基的时候挂到如今,这些东西怎么能说换就换呢?

李莲英 娘娘说的是。

隆　裕 那些人登高爬低地干什么?

李莲英 回娘娘,装电话电线呢。

隆　裕 装上电话,什么人都能跟皇上、太后随便说话,冒犯了天颜有失国体，谁担待得起？李莲英，这都是老祖宗的主意吗？

李莲英 （不失时机地）是老佛爷听了德龄姑娘的主意。

〔隆裕的脸沉了下来。

李莲英 德龄姑娘弄来不少的外国报纸，每天给老佛爷念，今天讲电灯怎么好，明天说西洋点心怎么好吃，弄得讨厌洋物的老祖宗也变成"洋物迷"了。

〔长寿上。

长　寿 主子，主子，可了不得了，容龄带着个男人，围着老祖宗不知道要干什么？

〔慈禧和容龄、勋龄上，勋龄在为慈禧照相。所有人退下，只剩下隆裕、长寿在舞台的一角。

勋　龄 老祖宗再往前站一点，头再歪一点，好。

〔慈禧随着容龄和勋龄的摆布，作态。

勋　龄 就站在这棵树底下，脸朝上一点，再上一点，眼睛往上看。

容　龄 如果手里拿面小镜子更好。

慈　禧 好，就听你的。

隆　裕 这是谁敢这么指使老祖宗？

长　寿 主子看见了吗？容龄身边是个男人，后宫里怎么有了男人了？

隆　裕　他怎么站着跟老祖宗说话?

长　寿　主子快瞧,他还敢上手动老祖宗呢。

勋　龄　好,头低一点,手里的镜子再高一点,好,别动!

（照相）

〔闪光灯乍亮,吓了隆裕等一跳。

长　寿　（大叫）有刺客!

〔数名太监冲出来护住慈禧,有的上去就抢勋龄的相机,隆裕等也冲上去。

勋　龄　你们干什么?

隆　裕　把他拿下来!

〔太监冲上去拿勋龄,勋龄情急之下,练起洋式拳击,太监们不知这是何方拳路,一时被他唬住。双方交手,会中国功夫的太监竟不是勋龄的对手。慈禧只在一旁看。

慈　禧　得了,住手吧。

隆、寿　（忙上前）老祖宗受惊了!

慈　禧　受惊个屁。我这儿照得好好的相,你们捣什么乱?

（对众）散开,别这么一层一层地围着我。

隆　裕　这个人要行刺老祖宗。

容　龄　（急忙）不……这是奴才的哥哥勋龄。

勋　龄　勋龄拜见皇后娘娘。

隆　裕　又是裕庚家的？

慈　禧　裕庚家的能人多呗。

隆　裕　（固执地）老祖宗，不管他是谁，他犯了宫里的规矩，他竟敢站着跟老祖宗说话。

慈　禧　这是我特许的。

隆　裕　还敢在老祖宗面前戴这样的"光子"（指眼镜）。

长　寿　他还敢上手摆弄老祖宗。

慈　禧　得了，这都是我特许的。

隆　裕　老祖宗近来的特许也太多了。

慈　禧　那你让他跪着，把我照成个有腿没头的怪物？

隆　裕　奴才不敢。

长　寿　奴才听说这照相匣子会摄人的魂。

慈　禧　胡说，这叫照相机，你过去看看。

〔长寿过去看照相机，大叫起来。

长　寿　哎哟，可了不得了！

慈　禧　怎么了？

长　寿　奴才不敢说。

慈　禧　说！

长　寿　我在那里面看见的老祖宗头朝下，脚朝上，是个倒着的老祖宗！

隆　裕　嘘——

长　寿　长寿知罪。

慈　禧　（笑）你们真是什么都不懂，有空叫德龄好好给你们上几课。咱们走，我想照一张在湖边上的。

〔慈禧带容龄、勋龄、太监等下。隆裕气得说不出话来。

长　寿　不是奴才在主子面前搬弄是非，再这么下去，不要说主子，就连奴才我都没了位置了！

隆　裕　不能由着德龄她们乱来。

长　寿　（故意挑唆）可是咱们管得了吗？就说万岁爷吧，这么多年奴才也没见万岁爷笑过，可现在见了德龄就有说有笑的。那个高兴劲儿就别提了。主子，您如果再这么忍下去，还说不定出什么事哪！

隆　裕　（怒不可遏，吩咐）给我摆驾瀛台！

〔收光。

第五场　瀛台

〔德龄给光绪上英文课。

德　龄　（收起书本）万岁爷,今天的英文课就上到这儿,奴才德龄告退。

光　绪　等等,我还有话问你,英文六点三刻怎么说?

德　龄　（调皮地）回万岁爷,英文没有六点三刻,他们说七点差一刻——quarter to seven。

光　绪　（笑）你很调皮,以后你跟我说话,不要叫什么"万岁爷""奴才",你们在外国对人怎么称呼?

德　龄　一般互称人名。

光　绪　（为难地）可是……

德　龄　我知道,皇上的名字是不能随便叫的。

光　绪　人有姓名、别名、乳名,可我从懂事起就被人叫万岁爷。

德　龄　我给您起个英文名字,好不好?

光　绪　（很有兴趣）好啊！

德　龄　万岁爷叫William吧，中文译作"威廉"。

光　绪　William，什么意思？

德　龄　英国古代有位战无不胜的君主叫作William the Conqueror——"征服者威廉"。

光　绪　我可不想征服别人，但William这个名字听起来倒蛮响亮，就叫我William吧。好。你的英文名叫什么？

德　龄　回万岁爷，奴才叫——

光　绪　看，说着说着又来了，我不是叫威廉吗？

〔两人都笑起来。

〔隆裕和瑾妃上，见到德龄和光绪欢快的情景很不是滋味。

隆　裕　（轻咳了一声）

德　龄　（忙请安）德龄参见皇后主子！瑾主儿！

隆、瑾　（两人不理。对光绪）给万岁爷请安！

光　绪　（看也不看，手一摆）跪安吧！

〔跪安的意思是让她们立即离去。隆裕觉得很没面子，故意不走。

光　绪　（继续）刚才你说，你的英文名字叫什么？

德　龄　奴才叫伊丽莎白——Elizabeth，您叫我Lisa吧。

光　绪　丽莎——Lisa。

隆　裕　（提醒她们还在请安）万岁爷……

光　绪　我不是让你们回去吗？

〔隆裕更加不悦。

光　绪　Lisa.

德　龄　William.

隆　裕　（紧张地）德龄，你管万岁爷叫什么？

德　龄　我……

光　绪　（当没听见）Lisa，你的中文好不好？

德　龄　我……（望着隆裕，很为难）奴才……

光　绪　刚才我说过了。

德　龄　奴才还是称您万岁爷吧。

光　绪　Lisa!

〔德龄望着沉着脸的隆裕，有些迟疑。

光　绪　叫。

德　龄　William.

〔隆裕"嗵"地跪在光绪面前。瑾妃也马上跪下。

隆　裕　请皇上遵从祖宗的家法！

光　绪　（怒）八国联军烧了北京城，也没看见你们这么激动。

隆　裕　（命令地）瑾主儿，你也来劝劝皇上。

瑾　妃　（木无表情）皇上，主子说得对。

光　绪　（凝视瑾）自从你妹妹珍妃死了以后，我没听见你说过第二句话！（不耐烦地）让开！

〔光绪拉过德龄。

光　绪　刚才我说到哪儿？

德　龄　您问我中文好不好？

光　绪　对，好不好？

德　龄　还认得一些字。

光　绪　那好，我问你一个字。（打开一把扇子，画的是牡丹花）

德　龄　这我认得，是牡丹花。

光　绪　（将扇子一翻）这个字你认得吗？

〔扇子背后写着一个"康"字，德龄一惊。

德　龄　（愣了一下）……这个……不，不认得。

光　绪　你再仔细看看。

德　龄　我……我……（说起英文）Are you talking about your former teacher Mr. Kong?

（译文：您是说您的老师康先生吧？）

光　绪　（听懂）Yes! Yes!

（译文：是，是。）

德　龄　Somebody said he is in Japan right now.

（译文：有人看见他现在日本。）

光　绪　Oh, so he didn't get killed?

（译文：哦，原来他没有死？）

德　龄　No, he is fine.

（译文：没有，他很好。）

光　绪　Well, tell me more about it.

（译文：再跟我说些他的事。）

德　龄　Not too convenient in front of these people. Maybe we should discuss this somewhere else at another time...

（译文：在这些人面前不方便说，我们找另一个地方再说吧。）

光　绪　Then let's take a walk.

（译文：咱们去走走。）

〔光绪欣喜地拉着德龄边说边欲下。

〔隆裕再忍耐不住，终于爆发。

隆　裕　（提高音调）万岁爷留步！

光　绪　（听出有些不妥。对德龄）你在外面等我，不要走。

德　龄　是。（下）

〔瑾妃见情势不对，也退下。

隆　裕　（板着脸）皇上今天忘了一件大事。

光　绪　什么事？

隆　裕　皇上没给"寸草为标"上香。（教训的口吻）太祖皇上留下三十六根草棍，取名"寸草为标"，嘱咐后代君王每日上香，清数一遍，以示国家疆土、宫中物件一样不少。

光　绪　（冷笑）太祖皇上留下的三十六根草棍倒是一根不少，可是祖上留下的长满青草的土地已经成百万顷地割让给了外邦！

隆　裕　请皇上尊重。

光　绪　你的口吻越来越像太后了。

隆　裕　我不应该仿效太后吗？

光　绪　我倒忘了，总有一天，你也会成为太后的。

隆　裕　万岁爷这话可不吉利。皇上、老祖宗千秋之后，臣妾才能称为太后。

光　绪　你叫住我就为说这些？

隆　裕　皇上既不给祖宗上香，又不在养心殿自省，反而和德龄——一个奴才，以洋名互称，连君臣的名分都不顾了，这有失家规，有违祖训，臣妾提请皇上自律。

光　绪　除了祖宗家规，你知不知道世界上瓦特发明蒸汽机，牛顿发现地心引力，美国有华盛顿，法国有拿破仑？

隆　裕　（正色）臣妾从不关心和祖宗家法无关的事情。

光　绪　我看你最关心的是德龄。

隆　裕　（被说中）我不明白万岁爷的话。

光　绪　你心里清楚。

隆　裕　那好，请问为什么皇上见了她就有说有笑，见了臣妾就像没看见一样？

光　绪　因为她是个有血有肉的人。

隆　裕　（被触动）皇上说得对，自从进了大清门，臣妾的血肉就干了！十五年，我没睡过一个安稳觉，没坐着吃过一顿定心饭，眼睛要随时看着老祖宗的脸色，耳朵要随时听着老祖宗的斥责。高兴不能笑，有泪不能流。不能回家省亲，不能再见父母，只有在父亲给太后站班的时候，父女俩才能彼此看上一眼。（有些哽咽）这些，我都忍了，谁让我是大清的皇后呢？我最不能忍受的是万岁爷你——你从来不理我，就算我不是你的皇后，也是你的表姐，可你对我就像对一个木偶、一件摆设，连正眼都不看我。举国上下都尊我为皇后，可你心里明白，我们——我们从成婚的那天起，就没同过房！我……我算得个什么皇后?!（几乎哭出，但为了仪表极力忍住）臣妾日思夜想，不知道怎么得罪了皇上？不明白为什么您天天让我住冷宫？这比杀了臣妾还难受！请皇上明示，到底为了什么？

光　绪　（直言）因为我不喜欢你。

〔隆裕如被雷打一般。

〔静场。

光　绪　（率直地）我不喜欢你，不喜欢这儿的一切！没有人味，没有生息，连空气都是凝固的。你说你算什么皇后，我又算什么皇帝？从四岁起，我就像个木偶一样被人搬来搬去，我的所有意愿都是别人事先拟定好了的，连穿什么衣服，吃什么饭，怎么呼吸，怎么咳嗽，都是祖宗定好了的。我有生的权利，没有活的自由，就连娶妻选后这一点男人起码的自由都没有。你是老祖宗钦点的、指派的、大清律法御准的，是我作为皇上的一部分，你我是被人锁在一间房子里成为夫妻的。你见过庙里的泥菩萨没有？一声不响，二目无光，那就是你和我！我是个不会掩饰感情的人，今天索性把话说开了，你明白，我也坦然。

隆　裕　（强忍悲哀）我明白了。但是……（想起珍妃）皇上并不是没有感情，只是对臣妾没有感情。

光　绪　随便你怎么说吧。我这一世被人勉强得太多了，在你我这件事上，请你不要再勉强我,（稍停）我要走了。

隆　裕　等等!（公事地）臣妾叶赫那拉氏静芬奏请皇上：珍妃死了之后，皇上一后两妃的位置还空着一个。

光　绪　你这是什么意思？

隆　裕　皇上是一国之君，立妃是朝纲大事。

光　绪　（终于明白了隆裕的本意，气恼）我简直不明白，你心里整天想的是什么?!

隆　裕　这么多年没见皇上笑过，现在看见皇上高兴，臣妾也开心。既然皇上有意，请开金口，臣妾可以以皇后的身份选德龄为妃，也显得我身为三宫六院的主子，贤淑大度，大方得体。

光　绪　你——（不知说什么好）你根本不懂得我！从今天起，我再不和你说话！（怒下）

〔隆裕呆立。

隆　裕　（突然地）李莲英！

〔李莲英急急忙忙地上。

李莲英　奴才在！

隆　裕　李莲英，我是不是宫里摄掌家法的主子？

李莲英　一人之下，万人之上。

隆　裕　我是不是皇上从大清门迎进来的正宫娘娘？

李莲英　大清史册上写得明明白白。

隆　裕　那就不能这么由着他们!

李莲英　喳!可老佛爷和皇上那儿,谁也管不了……

隆　裕　我管不了,自然有管得了的!给我传荣禄!

〔光暗。传旨太监的声音在深宫中响起。

传旨太监　九门提督军机大臣荣禄求见圣母皇太后——

第六场 东暖阁

〔荣禄拜见慈禧。

荣 禄 臣荣禄叩见圣母皇太后。

慈 禧 你来了。别跟我这么酸文假醋的,起来吧。

荣 禄 (抬头望了慈禧一眼)谢太后。

慈 禧 是谁叫你来的?

荣 禄 (不敢明说)是……是我自己想来看看你。

慈 禧 难为你有心。日子过得还好吗?

荣 禄 托祖宗的荫庇。

慈 禧 要不要再加点俸禄?

荣 禄 已经足够了。

慈 禧 (不无妒忌地)如今你是官拜一品,子孙满堂了。

荣 禄 婚是你指的,官也是你升的。

慈 禧 我为了我的心。

荣 禄 (公事地)荣禄谢主隆恩。

慈　禧　又来了，整天都是这些冷冰冰的废话。我死了丈夫，又死了儿子，老的是他该死，就是不死他的心也不在我身上。可儿子是我身上的肉，他不该死。你看这是他小时候玩的小白兔，红眼睛，短尾巴，一拉这条绳子，它就会吐舌头……

荣　禄　圣母皇太后节哀。

慈　禧　也是天数，人有多少福，就有多少罪，上天很公平；可有时候我真想用我的福，去折我的罪。我是个女人，我要有人疼我爱我，有人给我搭荫遮日，有人为我抵雨挡风。

荣　禄　（回避地）有满朝文武替太后分忧。

慈　禧　都是些阳奉阴违、口是心非的家伙，没有一个知我信我！

荣　禄　你还在怨我。

慈　禧　我早就麻木了，早让这深宫后院给憋死了，我谁都不怨，就怨我不该嫁在帝王家。

荣　禄　多少女人为能嫁入豪门，成为皇亲国戚，费尽心机。

慈　禧　只见贼吃肉，没见贼挨揍。让她们在这不见天日的地方过两年，没有亲人，没有朋友，没有出入自由，丈夫也是别人的丈夫，儿子是假的，下人当你是木偶，所有人都是当面奉承背后骂你，每天听的、见的都是假的，你愿意来试试？

荣　禄　我知道你的苦。

慈　禧　知道你还受人指使？明说吧，你来干什么？

荣　禄　我……

慈　禧　别吞吞吐吐的。

荣　禄　是。（拿出一份一早备好的奏折，背书般地）伏念自尧舜以来历朝帝主，未闻有以万乘之尊，适从西洋邪术之者。况我皇太后春秋已高，尤宜珍摄，以慰兆民之望，故臣等诚望我皇太后勿以夷人之妖言所惑，实为至善……

慈　禧　（气恼）我问你，你的府里，是不是一早就装了电灯，有了汽车？二十年前你和福晋是不是就照了相片？

荣　禄　（汗颜）是……

慈　禧　为什么我刚见着点新鲜事，你们就火上房这么急？

荣　禄　（一急就结巴）因，因……因为你……你跟我们不同。

慈　禧　因为我是囚犯，是代你们受过的罪人！

荣　禄　不……不，因为你……你是一国之尊。

慈　禧　是在这儿撑着天、抵着地的一国之尊，只要我在这里坐一天，你们就可以稳拿你们四万两月银的皇家俸禄。你们在外头花天酒地、为所欲为，却不准我多行一步！

荣　禄　你别……别急，这也是臣等的一番好意。

慈　禧　什么西洋邪术？什么听信夷人？祖宗康熙、乾隆那时候就传召过多少洋人，那时候是没有汽车、电话，要是有，他们怕不是早就买了装了？最可恨的是你们竟敢说我老了！

荣　禄　这不是我说的，我不过……

慈　禧　你不过代表他们来向我进奏折！

荣　禄　没错，没错。

慈　禧　（将奏折撕成碎片）听说朝廷里有些大臣又琢磨着想变法。

荣　禄　没……没有啊！

慈　禧　你说实话。

荣　禄　真的没……没有啊！

慈　禧　不会！如今国不成国，民不聊生，外国人骑在咱们脖子上拉屎，日本和俄国在咱们的地方上打仗，我就不信朝廷里没有动静。

荣　禄　你别生气，就算有那么几个人想弄点新法，只要不成气候，就由着他们闹去，可千万别……

慈　禧　别什么？

荣　禄　你听我说，虽然说国不那么富，兵不那么强，瘦死的骆驼也比马大，反正咱们有的是地，有的是人，就算它十国联军，二十国联军也占不尽、烧不完。

慈　禧　你一个堂堂九门提督军机大臣，说的这是什么话？

荣　禄　我……我是叫你宽心，刚刚安顿了人心，可千万不能再来对付戊……戊戌变法的那一招了。

慈　禧　（笑）你是怕我又要杀人哪？那也是皇上把我气的。背着娘就想造反维新，夺我的权，我就是不让他们好受！

荣　禄　看看，说着又来了，就算是有人想变法，也是想让大清朝好不是？

慈　禧　你以为我不想大清朝好？二百年的江山，谁也不想败在自个儿手里。我是想，怎么才能变个好法，好让咱们江山永固，国泰民安。

荣　禄　（吐出一口气）吓出我一身汗。

慈　禧　唉，就这么一个九门提督军机大臣。荣禄，你枉费了我一片心。

荣　禄　（不知所措）我……我又说错什么了？（手忙脚乱）

〔慈禧见到荣禄慌乱的样，反而笑了。

荣　禄　我真是怕了你。

慈　禧　怕，你还来为他们出头？

荣　禄　我有什么办法？

慈　禧　（爱嗔地）还是跟以前一样没主意。我倒是想跟你商量点事，过些天就是中秋了，今年日俄打仗，我也没心情过节，你叫他们少来那些俗套。我听德龄她们说得心痒，我想坐坐火车。

荣　禄　（又吓一跳）你……你要坐……坐什么？

慈　禧　你是真傻还是装傻？

荣　禄　那，那风……风驰电掣的火轮车？

慈　禧　怎么了？

荣　禄　你能不能……

慈　禧　刚才我的话都白说了？去跟他们筹划去，整天喊什么万岁、万万岁，连这么点事都由不得我。

荣　禄　你能不能换……换点别的？

慈　禧　就这么定了。

荣　禄　可我……我说了不算哪？！

慈　禧　我说了算。

〔荣禄叩头不起。

慈　禧　（扶起，依恋地）今天别急着走，我还有话没说完呢……

〔慈禧、荣禄执手对望，灯光渐暗。

第七场　慈禧寝宫外

〔翌日清晨。

〔李莲英和王太监小声地议论着。

王太监　（朝寝室方向努努嘴）昨晚没走。

李莲英　胡说！

王太监　这样的事我敢胡说吗？您看看录事簿，只有进去的时辰，没有出来的。

李莲英　（看录事簿）我没看见。

王太监　（急）大总管，您可不能这样！

李莲英　你当差多少年了？

王太监　去年从敬事房调来伺候老佛爷。

李莲英　你听过我讲课吗？

〔王太监摇头。

李莲英　怪不得这么傻乎乎的。

王太监　请大总管指教。

李莲英 今天教你两招儿。

王太监 谢大总管!

李莲英 可我为什么要教你两招儿?

王太监 (明白李的用意,机智地)大总管,奴才家乡是河北河间县。

李莲英 同乡?

王太监 我大伯是您三婶的小叔子。

李莲英 (欣喜)那你是我的外侄?(审慎地)从前怎么没听你说过?

王太监 我这么一个小太监,怎么敢跟大总管攀亲戚?

李莲英 既然是亲戚,我今天就教你两招儿。干咱们这一行最要紧是眼睛和耳朵,眼要明耳要聪。

王太监 明白!

李莲英 这么简单的道理,傻子都明白,关键在下边:既要长眼,又不能有眼;既要有耳,又不能有耳;什么该看,什么不该看,什么该听,什么不该听,什么看见当没看见,什么没看见当看见,这个分寸要掌握好。

王太监 (不解地)看见,没看见?没看见,看见?

李莲英 什么时候这个分寸掌握好了,你就能当副总管了。今儿早上哪位女官当值?

王太监 是德龄和长寿女官。

李莲英 （阴阴地一笑）下去伺候着。

〔王太监应声下。德龄上。

李莲英 德龄姑娘早！

德　龄 李大总管早！

李莲英 再过一刻钟叫醒老佛爷，帐子里的麝香新换的，新制的玫瑰花露蜜放在梳妆台上，早朝穿的朝服都准备好了，老佛爷的朝珠我已经先在脖子上戴暖了，冰不着脖子。我有点肚子疼，去看看太医。

〔李莲英下。王太监上。

王太监 姑娘当值啊？

德　龄 （有些莫名其妙）是啊。

王太监 我突然有点头疼，出去走动走动。

〔王太监溜出去，两个宫女也悄悄地溜了出去，德龄觉得有点怪。

〔长寿不知从哪儿走出来。

德　龄 你来了，老祖宗差不多快起了。

长　寿 （向周围看看，眼珠一转）哎哟，我忘了带手绢了！

〔长寿诡秘地一笑，也走了。德龄觉得似乎有些不妥。

〔四喜上。

四　喜　德龄姑娘，早！

德　龄　四喜，你早！

四　喜　上回姑娘教我做的那种西式"布丁"，老佛爷说好吃，我想请您再教我做个新花样。

德　龄　四喜，你真聪明，一教就会，下回我找个大师傅教你做西式大菜好不好？

四　喜　（高兴地）太谢谢姑娘了！

德　龄　老佛爷想在大内加个西餐膳房，学会了由你掌厨。今天教你做一个法兰西烩牛肉……

四　喜　（不停地行礼）谢谢姑娘！

德　龄　（笑）你不用老给我行礼。

四　喜　（感慨地）在宫里，不是挑毛病的，就是找碴儿的，从来没有像姑娘这样对待我们这些下等人的。

德　龄　人不分什么上等下等，人都是平等的。

四　喜　平等？

德　龄　名分上有上下之分，但是，人格没有上下之分，谁也不能看不起别人，谁也不能小看自己。

四　喜　（恍悟）姑娘说得真好，我去叫她们拿笔来。

德　龄　这里没有人。

四　喜　不可能，老佛爷还没起，哪能没有人呢？

德　龄　他们一个一个的都走了，只剩下我一个。

四　喜　都走了?(生疑)不对啊!是不是有什么事?

德　龄　有什么事?

四　喜　姑娘来的日子少,不明白宫里的事,我给您看看录事簿。

〔四喜翻看放在门口的录事簿。

四　喜　(恍然)姑娘,您快走!

德　龄　怎么了?

四　喜　是……唉,一句半句说不清,总之,您赶快离开这儿。

德　龄　我们都走了,出了事怎么办?

四　喜　唉,这件事我不好明说,他们这些人真坏,这是想害姑娘,姑娘看看录事簿,就明白了。

德　龄　(看)荣禄来了?荣禄来了和害我有什么关系?

四　喜　一时说不明白,姑娘快走,这可是掉脑袋的事!我先回去了。

〔四喜匆忙离去,德龄不明所以,往慈禧寝室走去,迎面撞到荣禄,荣禄见到德龄十分尴尬,快步走下。

〔德龄望着匆匆而去的荣禄呆住。

慈　禧　(暗上)德龄,你在这儿?

德　龄　给老祖宗请安。

慈　禧　刚才你看见什么了?

德　龄　（全明白了，知无可回避，索性）我，我看见了荣禄大人。

慈　禧　你没看错？

德　龄　没有。

慈　禧　你在想什么？

德　龄　（随机应变）我想他……他时常提起太后。

慈　禧　你怎么知道？

德　龄　荣大人是家父最好的朋友，他常到我家去。

慈　禧　哦，他怎么说？

德　龄　他说，太后是一个美丽的、有情感的、叫人思念的女人。

慈　禧　他真的这么说过？

德　龄　是的，不止一次。

慈　禧　你听了怎么想？

德　龄　我知道，荣大人和太后是青梅竹马的好朋友，我觉得很自然。

慈　禧　我问你，在外国，如果君主喜欢上一个人，会怎么做？

德　龄　有的放弃江山，追求幸福；有的被江山所困，一生郁郁寡欢。

〔慈禧在思忖。

德　　龄　还有一种，坦诚相待，就是做不成眷属，也可以成为知心朋友。

慈　　禧　没有人议论？

德　　龄　议论怕什么？爱是一种崇高的情感。母子的爱，兄弟的爱，朋友的爱，恋人的爱，世上没有比这些更纯洁的了。谁也不能讥讽爱。人，可以没有金钱，没有房屋，没有权力，但不能没有爱，人没有爱就不能生存，没有爱的人，是世界上最穷的人。

慈　　禧　这么说，只有有爱的人才是真正富有的人？！

德　　龄　爱是人生最大的享受，再好的衣服也有破损，再丰盛的宴席也会完结，再坚实的宫殿也不能永固，再美好的花朵也会枯萎。只有爱，它永存心底，永远甘甜。

慈　　禧　中国人说，爱，像一坛陈年好酒，把它埋在地下，越久越有味道。

德　　龄　可是埋得太久，就会随风化为泥土。为什么不在它最好最醇的时候，拿出来痛饮？让那种迷醉永存心底，什么时候想起来，都其味无穷。

慈　　禧　你是说，爱是应该公开的？

德　　龄　爱，是最光明的，应该放在明处，大大方方去爱，真真切切去爱，不怕任何议论，不惜任何代价，经得起任何风雨。

慈　禧　我这颗心在死牢里关了几十年,今天让你放了出来。不过,我想问你,你怎么敢这样对我说?为什么这么多年,没人对我说过?

德　龄　我听人讲过这样一个故事:在中国,孩子离开家,妈妈对他说:"到了外面不要管人家的闲事。"在外国,妈妈会对孩子说:"挺胸抬头,坦率地回答别人的问题。"

慈　禧　(受到震动)咱们是教人把头缩起来,他们是教人把头抬起来。看来,我要告诉荣禄,今后,我们也来个挺胸抬头,正大光明,痛痛快快,明明白白,像你说的做"番使"。

德　龄　(纠正)不对,是做friends。

慈　禧　(笑嗔)只有你这小丫头敢纠正我。

〔慈禧如同放下心头大石,十分畅快。她回味着德龄的话,慢慢坐下来,悠然地摇着官扇。

慈　禧　德龄,听说你会唱歌?

德　龄　(大方地)是,我会唱好多好听的歌。

慈　禧　你唱一个来听听。

德　龄　老祖宗想听什么歌?

慈　禧　唱个舒心的。"爱"的,让人舒服的。

德　龄　我给老祖宗唱首意大利的民谣"O Solei Mio"吧，中文的意思是《我的太阳》。

〔德龄轻哼《我的太阳》。抒情的歌声唤醒慈禧的人性，她的情感在另一种精神境界之中得以舒展，充满女性的柔情。场面温馨、感人。

〔光渐收，灯暗。

第八场　宫院

〔颐和园小火车站附近的一处宫院里,李莲英正在训诫太监宫女。

李莲英　昨晚上老佛爷没睡好。

众　人　老佛爷圣体保重!

李莲英　她老人家想着今天要坐火轮车,兴奋得一宿没睡着。火车的事都打点好了吗?

四　喜　回大总管,火车备好了,路轨都擦亮了,司炉、司伙全换上了太监的制服,火车站周围方圆十里,已经清场净街,老佛爷凤辇要经过的地方都铺上了黄沙,洒上了水。

李莲英　这是老佛爷头一次坐火车,所有人都机灵着点,千万不能出差错。

四　喜　车站上的事样样齐备,可是奴才听说,这列火轮车自从外国买回来之后,在那儿停了七八年了,从来没开过，万——……

李莲英 万一什么？记着，火车出事不归我们管，谁撺掇老佛爷坐的谁担待。一会儿，老佛爷的仪仗先在这儿集合，午时出发去火车站。

〔一太监上。

太　监 前来迎驾的铁路管带福祥贝勒求见。

李莲英 叫他上来。

〔福祥上。这是一个典型的八旗子弟，长年抽鸦片使他头重脚轻，面无血色。

〔李莲英示意众人下。

福　祥 卑职福祥参见大总管。

李莲英 （打量）穿戴起来还真有个官样儿。怎么样，铁路管带这个肥缺，捞了不少好处吧？

福　祥 全靠大总管提拔。

李莲英 你爸爸庆王爷好吗？

福　祥 托大总管的福。我爸爸说了，我补的这个官儿，全靠大总管提携，今后，您需要什么，尽管开口，除了天上的月亮，全都办得到。

李莲英 你爸爸这么孝敬我，准是又有事要求我。

福　祥 （嬉笑）嘻嘻，我爸爸有个干儿子，叫陈壁，求大总管在海关道给求个闲职。

李莲英 又来了不是？你知道吗？外边给你们庆王府起了个别号叫"老庆家公司"。

福　祥 什么意思？

李莲英 说你爸爸卖官鬻爵，旗下两多：干儿子多，卖的官多；谁要想当官，肯送礼，肯拜干爹，三品五品的官职任挑任拣。

福　祥 您怎么能听那些人乱说呢？再说，"老庆家公司"也得有您这个掌柜的才开得成呀！

李莲英 早晚我也得受你们的牵连。

福　祥 陈壁家里是富商，有的是钱，他们出个几十万两银子买个官做，就好比积德行善一样。

李莲英 他想在海关道做官？那可不是闲差，守关缉私查鸦片，他干得了吗？

福　祥 我连火车怎么开都弄不明白，不是一样当铁路管带？还不是您一句话？

李莲英 你爸爸净给我找麻烦。

福　祥 只要能补上官缺，姓陈的多少钱都肯出。

李莲英 回去等我的消息吧。

福　祥 谢大总管！这根四川邛州方竹杖，是陈壁孝敬您的。

李莲英 送根木头拐棍给我，怕我老了走不动啊？

福　祥 （使眼色）别看它竹枝木做，里面可大有文章。

李莲英　一会儿老佛爷要去坐你们的火车,小心伺候着。

福　祥　您放心,我保险不错眼珠儿地盯着。

李莲英　你盯着什么?

福　祥　盯着那些司炉、司伙,只能蹲着,不许私自坐下,头不能比太后高,还有……

李莲英　盯着这些有什么用?小心盯着这列火车,千万别出差错!

福　祥　一会儿您能不能让我见见老佛爷?

李莲英　干什么?

福　祥　增加点荣耀啊!

李莲英　下去候着。

福　祥　(知道有希望)嘛!

〔福祥下。

李莲英　(好奇地摆弄那根竹杖,竹杖的一头被打开了,里面掉出一卷银票)银票?!

〔德龄上,李莲英忙把银票收在袖子里。

李莲英　德龄姑娘回来了?火车站那边都安排好了吧?

德　龄　从来没见过一列漆成金黄色的火车,太新鲜了!

李莲英　(故意摆出皇家总管的派头)皇家用的东西一律是"明黄"色,火车也不例外。

德　龄　听说这列从英国买回来的"御用列车",还从来没开过。

李莲英 买回来不过是表示我们有,并不表示我们一定坐。

德　龄 奇怪。

李莲英 一点不奇怪,咱们是东方第一帝国,有咱们的尊严。

德　龄 这叫什么尊严?这是封闭。现在外国都有了飞机舰艇,中国的帝王连火车也没坐过,我还想下次带老祖宗去坐轮船呢!

李莲英 也就是姑娘你这么大胆。(语带威胁)你就不怕吗?

德　龄 (针锋相对)我没有做错事,有什么可怕?

李莲英 一向以来,老佛爷说一不二,说往东没人敢往西,说错一句话都可能脑袋搬家。可自从你来了之后,老佛爷竟然改了脾性,现在她老人家是图新鲜,有那么一天她回过味来……

德　龄 我的脑袋就得搬家?

李莲英 你明白就好。

德　龄 (强硬地)我不信。

李莲英 那好,咱们走着瞧!

德　龄 (不解)边走边瞧,就像坐火车?

〔李莲英又好气又无奈,甩手而下。

〔荣禄慌慌张张地上。

荣　禄 真……真的要坐……坐火轮车?

德　　龄　荣禄uncle，刚才我去看过了，一切齐备，老佛爷的车厢布置得和慈宁宫一个样。

荣　　禄　你能不能少出点这样、那样的花点子？

德　　龄　坐火车也算"花点子"？

荣　　禄　朝班里全乱了，上的奏折有这么厚，什么"夷人妖言"，什么"险象环生""有违祖例"，有的还要"死谏"。

德　　龄　"夷人妖言"就是指我们姐妹吧？（笑）

荣　　禄　还笑？我好心在太后面前举荐你们姐妹，你们不要老给我添乱子好不好？

德　　龄　父亲说，您年轻的时候，披肝沥胆，敢作敢为，怎么现在成了什么都怕的老夫子？

荣　　禄　（感叹）唉，待在这种地方，就是块生铁也磨成年糕了。

德　　龄　您在欧洲也坐过火车火轮，您说，是像他们说的那么可怕吗？

荣　　禄　可那是我呀，我怎么能和太后比？

德　　龄　太后就应该什么都不让她知道，什么都不让她尝试？

荣　　禄　按照以往的经验，不知道比知道好，不尝试比尝试好。

德　龄　为什么咱们搞不成维新，就是你们成年把皇上、太后关在深宫后院，什么也不让她知道，什么也不让她看见，就给她喝那些发了霉的陈年雪水。

荣　禄　（不明白）我不跟你说这些，坐火轮车有违大清祖例。

德　龄　大清祖例有写着不能坐火轮车吗？

荣　禄　（语塞）……可有写着不论是人是物，不能走在太后的前头。

德　龄　太后养的那只小狗"海龙"，就整天走在太后前头。

荣　禄　唉，你别和我打岔。那些开火车的司机、司炉怎么办？难道把火车头放在车厢后头？

德　龄　这个问题我和老祖宗解释清楚了，老祖宗已经下诏特许了。

荣　禄　还有，在火车上，人人都得坐着，那不是成了和太后平起平坐了？

德　龄　开火车的工役可以蹲着，其他人都坐在矮凳或者地板上。

荣　禄　还有，那些开火车的司机都是男人，后宫宫眷是不能见男人的。

德　龄　太后和宫眷们上车的时候，让他们回避不就得了？

荣　禄　这又是你想出来的主意？

德　龄　主意都是人想出来的。

荣　禄　她在宫里住得好好的，非这么折腾她，闹出点事来，我第一个倒霉。

德　龄　荣禄uncle，您也太胆小了。

荣　禄　我没你胆大。还有，当着众人你别老……老叫我的花名，什么"暗扣""明扣"的，不雅。

〔德龄愣了一下，大笑起来。

荣　禄　（摇头）跟你父亲一个样儿，不撞南墙不回头。（下）

〔荣禄撞上容龄。

容　龄　（亲热地）是荣禄uncle！（拉起荣的手）你学会我们的见面礼了吗？

荣　禄　（避之不及）别拉拉扯扯的，这是宫闱之地。

容　龄　不要紧，老佛爷都想学西洋礼节呢！（拉着荣禄吻自己的手）

荣　禄　我……我真是怕了你们！（甩开手，匆匆下）

容　龄　（不解）他怎么了？姐姐，老祖宗就要起驾去坐火车了。

德　龄　刚才，我又去检查了一遍。

容　龄　姐姐，你发现那些人看我们的目光了吗？

德　龄　无非是恐惧、怨恨、讨厌。

容　龄　姐姐，这列火轮车不会出事吧？

德　龄　已经到了这一步,没有回头路走。

容　龄　还是回明老祖宗,别坐火轮车了。我怕……

德　龄　别怕,你不觉得我们正做着一件前所未有的事吗?

〔容龄摇头。

德　龄　你知道老佛爷最讨厌"维新"这两个字的了,可自从我们进了宫,不是电灯、电话、洋地板,香水、香精、染发水,都用上了!凡事不去体验,就不知道它的好处。我虽然没行"六君子"维新变法的勇气,只是一个刚从外国归来的小小的德龄,可总能利用我的特殊地位去影响太后,让她渐渐明白大清不再是什么"东方第一帝国",再不思量改制,真的要亡国了。

容　龄　(恍悟)原来你有这么大的雄心,我还以为你是变着方儿,逗老祖宗高兴呢!

德　龄　刚进宫的时候,我也没想到,渐渐地我发现这里的人原来这么闭塞。可是他们不是一般的人,他们是中国的帝王啊!一个国家的主脑都这么陈旧,它的国民还能接受先进的事物吗?紫禁城封闭了几百年,是该打开宫门、洗去尘封的时候了。没有什么人能有你我这种机会。站在太后的龙床边,我就想,我们是站在中国历史的一角上,有朝一日后人翻开历史看到这一页，我们不能让它是一页空白。

容　龄　我明白了，我支持你!

德　龄　You are a wonderful sister!（两人拥抱在一起）

〔慈禧、隆裕、李莲英等上，德龄、容龄恭迎。

慈　禧　都准备好了吗?

德　龄　回老祖宗，一切齐备。

慈　禧　（兴奋地）昨晚上怎么也睡不着，我想不出来，那么大的一列火轮车，怎么就能像长了腿一样跑起来呢? 小李子!

李莲英　奴才在。

慈　禧　那么一大段钢铁，它怎么会跑起来呢?

李莲英　（赔笑）这个奴才可不知道。

慈　禧　谁在下边伺候?

李莲英　回老佛爷，铁路管带福祥迎候老佛爷。

慈　禧　传!

李莲英　嗻! 传铁路管带福祥晋见——

〔福祥上，跪见慈禧。

福　祥　臣福祥叩见圣母皇太后!

慈　禧　你是铁路上的官儿?

福　祥　卑职专程来迎候太后老佛爷!

慈　禧　你给我说说，火轮车是怎么跑起来的?

福　祥　呃……回太后，是工役把它开动起来的。

慈　禧　这个我还不知道吗？我是问你，他们是怎么把火轮车开起来的？

〔福祥张口结舌答不上来。

福　祥　奴才该死，奴才不知道。

慈　禧　（不悦）不知道你怎么在铁路上当差？

福　祥　卑职不清楚，不敢妄回。

李莲英　（掩饰）他是怕说错了。

慈　禧　说错了也不治你罪。

〔福祥依然不开口。

慈　禧　你不知道火车怎么开，知不知道火车怎么停？

福　祥　这个，奴才知道。就是派六个工役，预先跑到车后头用力抓住那个转盘，它就停下来了。

慈　禧　（冷笑）这么说，他们把手一松，这车就又开起来了，对不对呀？

福　祥　（欣喜地）没错，太后真是圣明！

慈　禧　（怒）废物！

〔福祥惶恐地跪下。

慈　禧　你算个什么官儿？根本就不懂得火轮车，去给我好好查查，他是怎么当上铁路管带的！

李莲英　（汗颜）嗻！还不快退下去？

〔福祥退下。

慈　禧　怎么弄了这么一些废物糊涂虫来当铁路官员？

德　龄　听说有些官是用钱买来的。

慈　禧　想不到官场腐败成这个样！怪不得有人说，船坚炮利没有用，还得有会操纵的能人。

李莲英　（怕慈禧再追问下去）德龄姑娘不就是能人吗？你说说火车是怎么会跑的？

德　龄　德龄不是专业人才，但也听说过英国人瓦特发明蒸汽机的事。用煤火烧开热水，开水变成蒸汽，利用蒸汽的力量推动机器，火车就开动起来了。

慈　禧　我还是不明白。

德　龄　如果能派些学生去外国留学，学习洋人的科学技术，就能弄得明明白白。

慈　禧　嗯。去叫总理各国事务衙门拟个折子，送咱们的子弟出国留洋——学开火车。

李莲英　嗻！老佛爷，时候差不多了，起驾吧？

慈　禧　宫门旁边跪着那么多人干什么？

隆　裕　是朝班大臣跪送老祖宗。还有……

慈　禧　还有什么？

隆　裕　有大臣死谏。

慈　禧　（不耐烦）什么事又要死要活的？

隆　裕　火轮车是不祥之物，一旦开动，必然招致灾祸。

慈　禧　又是那些无聊的废话！火轮车有什么不祥？倒是这些废物动不动就来什么死谏，招人讨厌。今天是佳节吉日，看看哪个胆敢在这个节骨眼上找死！

李莲英　老佛爷，袁世凯送来一个西洋乐队，为老佛爷助兴。

慈　禧　他倒是有心。

李莲英　奏什么曲牌等太后下旨。

慈　禧　奏《庆太平》吧。

德　龄　老祖宗，西洋乐队没有管弦丝竹，不能奏中乐。

慈　禧　那你说呢？

容　龄　奴才说应该奏国歌。

德　龄　大清没有国歌呀？

慈　禧　让他们会什么奏什么，起驾！

李莲英　（高喝）老佛爷吩咐：奏乐，起驾！

〔传令声依次而去。远处传来西洋军乐队演奏的西洋进行曲，节奏欢快热烈。西洋乐曲与火车发出的现代化音响与舞台上古老的人物形成鲜明对比，令人遐想。

〔现场灯暗，火车高昂的汽笛声长鸣……

第九场　慈宁宫

〔传旨太监宣读奏折。

传旨太监　军机处奏日俄战况：日本舰队大败俄国远东舰队，俄旗舰被击沉，三十八艘战舰全军覆没。美利坚出面调停，俄国被迫接受日本十一条停战条约，割让俄国在中国的领地和特权与日本……

〔光绪上，神色忧郁。王太监迎上。

王太监　奴才给万岁爷请安！万岁爷给老佛爷请晚安来了？

光　绪　皇阿玛在里边吗？

王太监　在，正在喝珍珠粉汤呢。

光　绪　（打量）你就是新提的副总管？

王太监　今天头一天上任，奴才伺候万岁爷！

光　绪　你去回一声。

王太监　这个嘛……老佛爷喝珍珠汤要静心宁神，奴才不敢打扰，万岁爷请先坐一会儿。

〔光绪坐下。王太监垂手而立。片刻。

光　绪　该喝完了吧?

王太监　应该喝完了。(不动)

光　绪　你去回吧。

王太监　按照每天的规矩,老佛爷喝完珍珠汤,要吃灵芝饼,吃的时候要清心寡欲,不思遐想,奴才不敢打扰。万岁爷再坐会儿。

光　绪　(不耐烦,但也只好坐下)

〔又过了片刻。

光　绪　现在总该能回了吧?

王太监　灵芝饼该吃完了,但是照规矩来说……

光　绪　(戳穿)照规矩来说,你第一天当副总管,想向我要赏,是不是?

王太监　(立即眉开眼笑)奴才不敢,奴才怎么敢跟万岁爷要赏?不过这是宫里多少年的老规矩,奴才是想向您讨个吉利。

光　绪　(扔下一个配饰)你可真会说话。现在你能给我回了吧?

王太监　(忙拾起)谢万岁爷赏赐!现在老佛爷汤也喝完了,饼也吃完了,我这就给您回去!

〔王太监下。

光　绪　（摇头自语）内忧外患，陈规腐套，如此下去，大清如何不亡？！

〔光绪激动地走来走去，突然站住，拿出奏折看了看，收好。

〔王太监扶慈禧上。

光　绪　皇儿给皇阿玛请安！

慈　禧　起来吧。

光　绪　谢皇阿玛！

慈　禧　就你一个人？

光　绪　是。

慈　禧　（明知故问）今天是初几呀？

光　绪　初一。

慈　禧　那你是从皇后宫里来？

光　绪　儿子从养心殿来。

慈　禧　你忘了，每个月的初一、十五，你应该在皇后宫里。

光　绪　儿子这些天心里有事，想自己静一静。

慈　禧　（轻叹）这皇宫里已经静了四十年，四十年没听过婴儿的哭声了，你还想再让它静下去？

光　绪　儿子对不起祖先。

慈　禧　我知道，你从一开始就不喜欢我给你定的这门亲，你年轻，不懂得娘的这份心。静芬是我的亲侄女，

　　　　你是我的亲外甥，她爸爸是我弟弟，你娘是我亲妹妹，这叫亲上加亲，大清朝的权柄老在咱们手心里握着。

光　绪　（淡淡地）皇阿玛真是一片苦心。

〔传来鸟的叫声。

慈　禧　什么声音？

光　绪　（心不在焉）儿子听不见。

慈　禧　是鸟儿。每天太阳照到宫墙根，就飞来许多鸟儿，它们叫着围着飞檐打转，有时候夹杂着几只鸽子，响着鸽哨。再过一会儿，鸟儿就回家了，天会更黑下来，远远地传来几声号角，不知道是老兵营的关门号，还是晚归的号手，那声音很凄凉，幽幽地传进储秀宫……

光　绪　（淡然）儿子没听见过。

慈　禧　（感情延续）也是这么一个有鸽哨的黄昏，乳娘把你抱进宫，你才四岁，看上去只有两岁，气血不足，怯弱不堪，我让你睡在我的宫里，跟我一张床，一夜我总得起来三四次看你，怕你冻着。

光　绪　皇阿玛辛苦了。

慈　禧　（仿佛没听见）你天生容易受惊，不能听一点震响，我一回宫就马上换下那双木底鞋，生怕吵了你。我不许太监们敲更响城，撤走了所有的自鸣钟。你长大一点，我怕太监们不用心，自己教你念书，裁好一方一方的宣纸，写上字教你。五岁，你开始跟我上朝，坐在那张龙椅上，我老怕摔着你，叫他们用丝棉做了个棉围子。你坐在龙椅上，板着小脸，一派正经样儿。(沉浸在回忆中)

光　绪　这些，皇阿玛还是留着说给史吏听，叫他们写进《起居注》吧。

慈　禧　我这是跟你讲《起居注》吗？我说的是我的心！我要让你知道，你是我一手抱大的，四岁开蒙，五岁典学，六岁学骑马，八岁能双手拉弓，十六岁亲政，十七岁大婚，哪一步我没尽到母亲的责任？

光　绪　儿子垂念母亲的养育之恩。可我也有我的心！

慈　禧　你的心就是把我废了，好独揽大权。

光　绪　儿子从来没这么想过。

慈　禧　再过些天就是我的七十二岁寿辰，说不定哪天就驾鹤归西。我把持着这片江山，还不是为了你？可是你把咱们母子情意全忘了。

光　绪　我没忘，我全记着。(感情地)小时候，我和您都怕黄昏，天一黑我们母子就依在一起，望着那些黑乎乎的宫殿飞檐，我老觉着有鬼怪要来抓我，直往您怀里扎。您抱着我说："不怕，不怕，有皇阿玛，咱们谁都不怕！"皇阿玛对我胜过嫡亲父母。可是，我越大越觉着您不明白我的这颗心。(不想多说，稍停)皇阿玛想错了，我已经心如止水，早不想做这份皇上，最近更觉得虚从内起，力不从心，可能也没有几年了。如果皇阿玛真疼我，儿子有一事相求。(慈禧注视着光绪)

光　绪　如今内忧外患，民生凋敝，满目疮痍，要想顾全祖宗基业，只能求新，立新法，行新政。

慈　禧　你还想维新？

光　绪　儿子是没用的人。大数造定，将生替死，皇阿玛如果想把握乾坤，舍维新无他路可行。儿子想请皇阿玛自己主持维新。(呈)这是张之洞大臣上书的变法奏折，里面写着西洋各国皇室建立君主立宪的详情，请皇阿玛过目。

慈　禧　我看你是贼心不死。

光　绪　儿子为的是社稷江山。

慈　禧　难道我是为了我自个儿？

光　绪　(决绝地)那就请皇阿玛接受奏折。(跪呈)

慈　禧　你这是逼着我维新哪！上回你背着我斥退旧臣，录用匪类，乱改朝纲，说什么让我颐养天年，差点要了我的命。这才过几天哪，你又来了。我这人有个怪毛病，你叫我干的我偏不干，我要干的谁也拦不住！

光　绪　儿子跟皇阿玛说的是国事，我要维新也为的是祖宗的江山、大清的社稷，既然您不愿意由我来做，就由您自己做。如今国家危如累卵，朝不保夕，还争什么你我，闹什么别扭？如果我们母子争执不休，遭殃的还不是百姓和国家？

慈　禧　哈，教训起我来了？你翅膀长硬了，居然拿起皇帝架子来了！我告诉你，你这个皇上是我选的，你是我喂大的。是我一手托着坐上皇位的，我让你做皇上，你才是皇上，我要是不想让你做，你立时就得退位！（夺过奏折，摔在地上）

〔慈禧怒下，光绪沮丧至极，呆望着西下的夕阳，无限惆怅。

〔鸟儿鸣叫声。

〔德龄上。

德　龄　William.

光　绪　是你？

德　龄　您在看什么？

光　绪　（茫然）看——鸟儿，它们飞得真高。

德　　龄　这么高的宫墙，它们一样飞进飞出。

光　　绪　因为它们有翅膀。

德　　龄　《圣经》上说，只要有志向，人也能长上翅膀。

光　　绪　（苦笑）你真天真。

德　　龄　William，您就有翅膀。

光　　绪　我？（茫然）欲飞无羽翼，欲渡无舟楫。

德　　龄　（悄声）您知道吗？康有为、梁启超现在在日本；孙中山在美国檀香山创立"兴中会"，提出"驱除鞑虏，恢复中华"的口号，黄兴在湖南成立"华兴会"，主张强兵卫国；蔡元培、章炳麟在上海创立了"爱国社"，提倡民权。

光　　绪　（兴奋起来）有这样的消息？

德　　龄　百日维新虽然没有成功，但是皇上发出的诏令像一串打开门锁的钥匙，人们的心一旦开放，是再也不能重新锁闭的。这不就是您的翅膀吗？不但飞出皇宫，还飞向世界呢！

光　　绪　世界？

德　　龄　英国、法国、美国、瑞典都支持您的维新运动，推崇您的勇气，赞赏您的治国之策，中国的戊戌变法轰动了全世界呀！

光　　绪　（欣慰地）我死而无憾了。

德　龄　为什么想到死？

光　绪　其实我早已是行尸走肉。

德　龄　不，不，威廉，您不能这样想，蝼蚁尚且偷生，何况您是一国之君。

光　绪　（无奈苦笑）一个既无权柄，又无自由的国君。

德　龄　也许我能帮您。

光　绪　谢谢你的一番好意。德龄，自从你们姐妹进宫以后，皇阿玛改变了不少，但是你还不了解二百年陈腐之地的千重百结。（指奏折）她连看都不看就摔了下来。

德　龄　（看）《三江会楚变法奏折》？

光　绪　这是张之洞等大臣根据西欧十国建立君主立宪政体的经验撰写的，对我们是很好的借鉴。

德　龄　西欧十国的经验？到过欧洲十国的只有我们一家人，难道是父亲提供的实地考察？（恍然）怪不得回国之前他一定坚持要去欧洲其他国家，原来是这样！

光　绪　（叹）可惜，自古豪杰空壮志，长使英雄泪满襟。

德　龄　威廉，您别灰心，凡事一次不行，还有第二次，况且我觉得太后有改制求新的心思，只是面子上下不来。我们只要有耐心积极去争取，总会成功的。如果皇上信任德龄，就把奏折交给我，让我想办法再递一次。

光　绪　被摔下来的奏折，皇阿玛是再也不会接受的了。

德　龄　（充满勇气）我想试试！

〔光绪被德龄感染，似乎又燃起希望。

德　龄　我们说点高兴的事吧。再过些天就是老祖宗的生日，我和容龄想在御花园开个舞会，老祖宗也赞成，到时候，我想您邀我跳第一支舞。

光　绪　我邀你？

德　龄　是啊，我和英国的王子跳过第一支华尔兹，和日本的亲王跳过第一支探戈舞，就是没和自己国家的君王跳过舞。

光　绪　我不会呀！

德　龄　我教您。

光　绪　我学不会。

德　龄　不可能！来！

〔德龄不由分说，拉起光绪的手。

德　龄　把手放在我的腰上，这只握着我的左手，不要太紧，很好，把头抬起来，看着我的肩膀上方，直视。

〔光绪照着德龄的话做，学得很快。

德　龄　很好。我去开留声机。（下）

〔光绪一个人琢磨着舞步。圆舞曲声起，德龄上。

〔两人随着乐曲共舞，边跳德龄边指正，两人很快踏上舞步旋转，边舞边下。

〔隆裕暗上。望着两人的舞姿，听到德龄的笑声，她妒火中烧。

〔李莲英上，观察隆裕。

李莲英 娘娘在这儿看——鸟儿？

隆　裕 是，是。(忙恢复常态)

李莲英 打扰娘娘了。太阳快下山了，风凉，老祖宗那边就要传晚膳了。

隆　裕 知道了。李莲英，你觉得德龄怎么样？

李莲英 （审慎地）人机灵，心眼活，老祖宗也对她宠爱有加。主子知道，原来我管了几十年的珠宝，现在老佛爷都交给她了。

隆　裕 老祖宗特别喜欢她？

李莲英 眼前是这样。

隆　裕 皇上也对她另眼相看。

李莲英 （已明白隆裕的担心）瞅见她就笑。

隆　裕 她这么招皇上、老祖宗赏识，说不定哪天把你我都顶下去。

李莲英 主子的意思是——

隆　裕 咱们不能这么干看着，等到真有那么一天就晚了。

李莲英 主子说得有理。

隆　裕　不过，她这么当红当令，硬来不行，得想个既不失体面，又让她说不出来道不出来的主意。

李莲英　（眼珠一转）奴才倒是有个办法。

隆　裕　哦？

李莲英　给她配婚。德龄一旦成了婚，就是有夫之妇，就得受三从四德的管束，那时候就不怕她没人管，娘娘的这颗心也就踏实了。

隆　裕　这个主意好，有什么现成合适的人吗？

李莲英　人嘛，倒是有一个。

隆　裕　谁？

李莲英　庆王爷的少爷福祥。

隆　裕　庆王爷和我们家沾亲，他有十几位贝勒。

李莲英　这是最小的那个，也是王爷最喜欢的一个。说来有个笑话，王爷从小就教他抽大烟，说是从小让他有个嗜好，省得长大沾惹别的毛病。

隆　裕　（笑）这我倒不知道，先传来我看看。

李莲英　嗻。

隆　裕　要快。

李莲英　娘娘要是想快，可以打电话。

隆　裕　打电话？

李莲英　咱们是不想维新，要是想，一点不比他们差。

隆　裕　说得有理。(像慈禧一样把手递给李)

李莲英　(忙托住)娘娘,请……

〔李莲英扶隆裕下。

〔传旨太监的传旨声中,转换下一场。

传旨太监　皇后娘娘传庆王爷之子福祥贝勒进宫晋见——

第十场　颐和园长廊

〔灯光亮起，福祥在场上。福祥穿着一套西装，他分明不习惯这种新式打扮，上装底下露出一截白衬衣和一些珠宝、玉坠之类，显得不伦不类。他已经等了好一会儿，不耐烦地东张西望。

〔王太监端一托盘上。

王太监　（拿着架子）娘娘赐福祥贝勒玛瑙鼻烟壶一个。

福　祥　福祥谢恩！（拿出银子赏钱）

王太监　谢贝勒！

福　祥　（小心地）公公，烦您给回一声，就说福祥到了。

王太监　（傲慢地）嗯。（下）

〔福祥无奈。

〔片刻，王太监复上，手里又托着一个托盘。

王太监　娘娘赐福祥贝勒御制鼻烟一袋。

福　祥　福祥谢恩！

〔王太监站着不动,福祥只好又给赏钱。

王太监 谢贝勒!(欲下)

福　祥 娘娘怎么还不来呀?

王太监 (阴阴一笑)贝勒别着急,这就快来了。(下)

福　祥 (自语)娘娘赐的东西不一块儿送来,分成一样一样。

〔李莲英上。

福　祥 (听到脚步声)你怎么又来了……(发现是李)大总管!给大总管请安!

李莲英 你一个人在这儿叨叨什么呢?

福　祥 奴才不明白,娘娘赐下来的东西,他们为什么不一块儿送来,分成一样一样的送?

李莲英 (笑)一块儿全送来,你不就只出一份赏钱?

福　祥 (恍然)噢!自从进了宫门,我已经赏出去有一百两银子了。

李莲英 要想出宫门,还得一百两。(打量)告诉你的要点都记住了?

福　祥 记住了,就我这一表人才,德龄她打着灯笼都找不着。我爸爸说了,这件事要是办成了,送您一座金菩萨。

李莲英 德龄是洋派,别说那些养鹰喂鸟的闲事,说点正经儿的。

福　祥　（胸有成竹）要说什么我早想好了。

李莲英　德龄是老佛爷跟前的红人，这门亲要是成了，你就乌鸦变凤凰了。别忘了，你可是我举荐的。

福　祥　您就放心吧，绝不会给您丢人。

李莲英　先别吹牛。往后站，我请娘娘。

〔李莲英下，扶隆裕上。

李莲英　娘娘，福祥贝勒晋见。

福　祥　侄儿拜见皇后主子！

隆　裕　（打量）还真有个相亲的样儿。

福　祥　听说德龄小姐是洋派，我特意换上洋服。她在哪儿？

隆　裕　陪老祖宗下棋呢。瞅你急的，这是相亲，不是入洞房。德龄年纪轻，脸皮薄，一会儿你见了她千万别提相亲的事。

福　祥　为什么？

隆　裕　她一害臊，事情就不好办了。

福　祥　她不是从外国回来的吗，也这么小气？

隆　裕　没出嫁的女孩都是一样的。你只要不提相亲的事，说什么都行。

福　祥　我早想好了，除了相她的长相，我要跟她谈点大事。

隆　裕　想问什么你自便，如果相中了，就把这个荷包递给她，这门亲事就算定下了。你在这儿等着，我叫她过来。

〔隆裕与李莲英同下，福祥得意地打量着自己。

〔德龄上。

〔德龄看见福祥的打扮，忍不住笑。

德　龄　你就是福祥？

福　祥　你一定是德龄。

德　龄　我们见过一次面。

福　祥　是吗，在哪儿？

德　龄　老祖宗坐火车那次。你怎么不做铁路管带了？

福　祥　那个差事本来就不是我的志向。

德　龄　你的志向是什么？

福　祥　一会儿告诉你。

德　龄　你穿的这是什么呀？

福　祥　洋服。（以为被欣赏）我知道你喜欢洋服。

德　龄　（不想批评）你还是穿朝服的好，你不是有官衔的吗？

福　祥　敝人八岁已经是世袭侯爵，乾清宫五品挎刀侍卫。

德　龄　（忍不住笑）你这样怎么挎刀？

福　祥　我不挎刀，挎"枪"。

德　龄　（不解）"左轮"还是"曲尺"？

福　祥　这种"枪"你可能没见过——烟枪。刚才你问我的志向，我也是最近才明确，我最适合做的这一种行业。其实从小我爸爸已经培养我这方面的兴趣，说起来也是一项治民救国的大业。

德　龄　是立宪，还是共和？

福　祥　那些个事不归我管。听说你一直在外国，我想问你，西洋人抽不抽大烟？抽什么牌子的大烟？抽大烟有什么讲究？

德　龄　你调查世界吸毒情况？

福　祥　我从小就研究这门学问，最近我想开设一个学馆，专门教人抽大烟。

德　龄　这是什么学馆？

福　祥　我给它起了个名："特殊技能研习总社"。

德　龄　办这个学馆有什么好处？

福　祥　好处太大了！第一，人就得有嗜好，就我的经验，凡是抽大烟上瘾的人，就自然杜绝了许多其他的恶习。譬如我，鉴于我的几个哥哥长大之后不务正业，我爸爸从小就教我抽大烟。

德　龄　天！

福　祥　我越来越感受到有这一门技术的好处。我不嫖妓，不赌钱，不玩戏子，不泡澡堂子，不养鹰，不遛鸟，许多八旗子弟沉迷的嗜好我都没有。如果所有人都能像我一样，不就可以使年轻人有事可为，也可以杜绝"抢劫""杀戮"这样的恶性事件，从而有利社会？第二，抽大烟还可以巩固和友邦的关系，他们的大烟有了销路，收入稳定，就不会想着霸占我们的国土，哪有商人砸市场的？我越想越觉得这是一项治民救国的良策。你是搞洋务的，你再给我点意见，我就叫我爹写奏折了。

德　龄　（觉得荒谬绝伦）你爹肯为你写这样的奏折？

福　祥　肯，他说我这个主意简直是天才之想，他这么多年一直就想筹划一个既能救国救民，又合乎国运民情的治国大计。一直没想出来，想不到居然让我想到了，真是青出于蓝而胜于蓝，一代更比一代强。这个计划还没实施，已经得到许多亲朋好友的支持，有的愿意出钱，有的愿意出地方建学馆，学馆还没开学，我的好几个表兄弟已经报名了。

德　龄　你怎么不想想其他救国的办法？中国这么落后，年轻人应该学科学，学技术，学管理，实业救国，已经有许多人报名出国留学了。

福　祥　那有什么出息？凡是报名留洋的都是些清贫子弟，

我们这些皇裔贵胄要做的是扭转乾坤的大事。哎，你去的地方多，见识广，没听说过这么有创意的救国大计吧？

德　龄　（感慨）真是头一次听到。

福　祥　我看你挺有兴趣，不如咱们一块儿办，你会说洋文，咱们再招点洋学生，把我创建的这门学问拓展到世界去！

德　龄　去污染世界？

福　祥　（听不出德龄的讥讽）对，给这个五颜六色的世界，再加点乌黑油亮的大烟色彩，那才叫花花世界。

德　龄　你的"雄心"可真大。

福　祥　我从小就志向不凡，只是一直不得施展，也一直找不到一个既喜欢又适合做的行当，这回可找到了。我爹妈甭提多高兴了，特别为我大宴宾朋，一方面为我庆祝，一方面就势宣传推广我的治国大计。

德　龄　称得上是千古一绝。

福　祥　（美滋滋）夸奖，夸奖。

德　龄　我真是又开了眼界。

福　祥　你和我相处得越长，越会发现我这个人的优点，简直是不同凡响，举世无双。我经常有一些常人想不到的惊人之举。（斜吊着眼睛望着德龄）反正以后的日子还长呢。

〔德龄没有听出弦外之音。

福　祥　你的长相、学问、志气都跟我不谋而合，我就是想找一个志同道合的好——"康不宁"。

德　龄　Companion，你还会说英文？

福　祥　会，太容易了！有一样我想问问你，我看见别人穿的洋服都挺合适，怎么我的这件里边总比外边长一截？

德　龄　（笑）你应该把衬衣放在裤子里边。

福　祥　哦！明白了，明白了！以后有你常提点就行了。

德　龄　以后是什么意思？

福　祥　以后你和我啊……他们不让我说得太多。总之，我对你很满意。（将荷包塞给德龄，下）

〔德龄拿着荷包，不明所以。

〔隆裕、长寿上。

长　寿　（拍着手笑着）行了，行了，恭喜，恭喜！

德　龄　恭喜什么？

长　寿　你和庆王爷的九少爷真是天作之合。庆王富甲一方，家中王府两大座，奴仆上千，钟鸣鼎食，珍馐美馔，比皇家也差不了多少。

德　龄　你在说什么？

长　寿　你是装不知道，还是害羞呀？

德　龄　到底怎么回事？

隆　裕　好事，只要老祖宗一点头，喜事就定了。老祖宗正在那边等喜讯呢！恭请老祖宗——

〔慈禧扶李莲英上。

隆　裕　老祖宗，有喜事禀告。

慈　禧　（笑着）我都知道了，小李子都跟我说了。

隆　裕　老祖宗的意思呢？

慈　禧　我看是件好事，德龄你愿意吗？

德　龄　我，愿意什么？

长　寿　老祖宗，人家姑娘家的，怎么说得出口呢？

隆　裕　只等老祖宗赐婚了。

慈　禧　也好，德龄听宣：着皇宗室庆王爷之子福祥贝勒与裕庚德龄结为百年之好，钦此！

德　龄　（惊诧）我是不是听错了？

长　寿　老祖宗为你赐婚，这是多大的面子，还不赶快谢恩！

隆　裕　福祥是我的亲侄子，以后你就是我的侄媳妇儿了。

德　龄　（眩晕）不，不！

长　寿　你敢说"不"字？

隆　裕　（阴笑）她是高兴得糊涂了。

德　龄　不，不！("扑通"一声跪倒）老祖宗，德龄不想嫁人！

慈　禧　什么？

德　龄　德龄还年轻，还想侍奉老祖宗！

慈　禧　成了婚一样可以在宫里陪我呀？

德　龄　不，不，不……

隆　裕　德龄，从来没有人在老祖宗面前说过"不"字。

长　寿　老祖宗赐婚是天大的恩典，你别不知好歹。

德　龄　你，你们是编排好了的。

隆　裕　我们好心给你配婚，完全是为了你好，你怎么这么说话？

长　寿　把好心当成驴肝肺，这不是冤枉好人吗？简直把老祖宗也说在里边了。

〔长寿的话使慈禧沉下脸来。

德　龄　（不顾一切）德龄不嫁，请老祖宗收回成命！

慈　禧　（愠怒）好了，我看这件事是你过分了。男大当婚，女大当嫁，皇后和我都是一番好意，明天我派人去和你父亲说，这门亲事就这么定下来了。

〔隆裕、长寿、李莲英得意。

〔一束光打向德龄，众人定格。

第十一场　中堂府

〔裕庚焦躁不安地走来走去。

裕夫人　你坐下来休息一会儿吧。

裕　庚　三江会楚的变法折子还是呈不到太后手里。

裕夫人　不是已经送给皇上了吗?

裕　庚　听说皇上上奏折的时候,被太后摔了下来,你知道太后摔下来的奏折是再也呈不上去的!唉,这件事再不能延误了呀!我真想自己去求见太后。

裕夫人　你现在是停官待职,见不着太后。再说朝世那些大臣,一直都在弹劾你,弄不好反倒误了大事。

裕　庚　难道就这么干等着?张之洞大人在等我的消息啊!

〔一仆人上场。

仆　人　荣禄大人求见!

裕　庚　荣禄来了?(一想)这倒是个机会,这件事就求他帮忙。快请!夫人你先回避。

〔荣禄上。

裕　庚　荣禄兄，你来得正好！

荣　禄　一定又有什么麻烦事找我？

裕　庚　是件大大的好事。

荣　禄　巧了，我也有件大大的好事找你。

裕　庚　哦？那么你先说。

荣　禄　你是老弟，你先说。

裕　庚　也好。荣禄兄，如今各国政治法度皆有彼此相因之势，而我国政令日久失修，忧患迫切，上无以承祖宗缔造之心，下无以慰臣庶治平之望，如是下去，积弱难返，国将不国。

荣　禄　先别说这么些大道理，到底什么事？

裕　庚　事到如今，我也不瞒你了。我回国之前受张之洞大人委托，考察西欧十国的政改实情，博采众长之后，和张大人草拟了一个君主立宪的变法奏折，想请太后过目，促成筹备立宪，可惜一直难以上呈太后，就此拜托仁兄呈交太后。

荣　禄　什么，什么，你你你你……（结巴得说不出话来）

裕　庚　我知道弄不好是件掉脑袋的事，但是再怎么你我也是头顶红顶戴，身着七彩服的朝中重臣，国难之际，我们有这个责任。

荣　禄　你呀，就是不安分。好不容易仗不打了，钱也赔了，地也让了，洋人请出去了，变法的风也过了。刚享几天太平，你你你……你们怎么又来了！

裕　庚　日本和俄国在我们的领海打仗，西方列强在我国沿海屯兵。他们没有一天不想吞并中国，天下哪里太平？

荣　禄　你怎么老是看这些阴暗面。

裕　庚　你拿着四万两月银，住着两大座王府，用着上千的仆从，太后青睐，众人奉承，你当然是满目阳光，天下太平。你这是坐在火山口上，不知哪天就会喷火。

荣　禄　不管你怎么说，咱们兄弟一场，这件事，一，我当不知道；二，不会去告发。可是我好言劝你一句，别引火自焚。

裕　庚　你真的不肯帮这个忙？

荣　禄　这不是帮忙，是把你往刀口上送。

裕　庚　荣禄兄，我这么多年出使在外，受够了洋人的气，为什么他们看不起我们？为什么他们会纠集起来打我们？不就是因为咱们的国家不强大吗？咱们有人才，有地域，有取之不尽用之不竭的宝藏财富，就是没有一个好的治国之策。英吉利十几年之间成为世界第一强国，日本一个弹丸小国，也成为亚洲第一帝国，世界各国都在产业革命，我们再不维新治国，真的就要亡国了呀！

荣　禄　你说完了没有？

裕　庚　你还没回复我。

荣　禄　我已经说得很明白，我不能把你往火坑刀尖上送，这件事我不管。

裕　庚　（绝望）看来你我话不投机，你请回吧。

荣　禄　你说完了，我的话还没说呢。

裕　庚　你说吧。

荣　禄　我说的这件才真是喜事！

裕　庚　我没心思和你开玩笑。

荣　禄　谁跟你开玩笑？皇太后主婚，将德龄许配给庆王爷的小儿子福祥贝勒了！

裕　庚　（以为听错）什么，什么？

荣　禄　看你高兴得不敢相信，我再说一遍。皇太后赐婚，皇后主婚，把你的大女儿德龄许配给庆王爷的九贝勒福祥了。

裕　庚　（如雷轰顶）我的天！

荣　禄　别天呀地的了，再过几天你就是庆王爷的亲家、福祥的老丈人、皇后娘娘的亲戚了。

裕　庚　怎么突然杀出来这么一件怪事？

荣　禄　福到眼前不相信，一切齐备，只欠东风，我今天一是来报喜，二是来拿德龄的八字去合婚。

裕　庚　这件事德龄知道吗？

荣　禄　当然知道。

裕　庚　她同意？

荣　禄　这我可不大清楚，儿女的婚事还不是你说了算！

裕　庚　我说了算什么？今后是他们过一辈子。我得尊重女儿的意见，还有她母亲的意见。

荣　禄　裕庚，我看你真是变成洋人了。自古以来婚姻大事父母之命、媒妁之言，你这个老爷儿们还得问老婆女儿，我真替你丢人。

裕　庚　我的女儿和庆王的儿子成婚，才真是丢人！

荣　禄　庆王爷是世袭八代侯爵，福祥是乾清宫五品挎刀侍卫。庆王家财万贯，有势有权，官拜一品，哪点辱没了你？

裕　庚　现如今八旗家的子弟多数是不劳而获，不知世间疾苦，不识人间实务，只知道吃吃喝喝，胡作非为的废物。

荣　禄　胡说！所谓八旗就是对大清有功将士，先祖打天下的时候，人家拼过性命，为了表彰他们的功绩，大清条例明昭，八旗子弟有生之年，吃的是皇粮，用的是俸禄，誉自天赐，理所当然。

裕　庚　就是这些大清的条例毁了咱们的子弟，早晚社稷败在这些只吃不做的蛀虫手里！

荣　禄　你……你在西洋中了什么毒？怎么说出来的话全跟祖宗相悖呢？

裕　庚　德龄不会嫁给这种人。

荣　禄　你怎么知道？

裕　庚　我自己的女儿我了解。

荣　禄　我真是越来越不明白，你我这么大年纪，还有什么想头？什么改制变法，立宪维新，关你我什么干系？德龄嫁到庆王家，一世衣食无忧。你也攀上个皇室的老亲家，安享清福，多少人求之不得？

裕　庚　荣禄呀，你怎么变成这个样？原来那些雄心抱负都到哪儿去了?!

荣　禄　我现在什么也不求，只想平平安安拿一份俸禄，养老抱孙子。明天我要去满洲和日俄交涉谈判，回来之后你必须给我个答复。

裕　庚　我已经答复你了。

荣　禄　你呀，从来不听我的，我也让着你，不和你争。可这回是太后的谕旨，你和她争去吧。我告诉你，同意也好，不同意也好，我说了不算，你说了也不算。我好心劝你顺水推舟，你偏要逆水行船，我把话说在前头，招出祸来，我可救不了你。

裕　庚　不用！

荣　禄　倔头，你那闺女和你一个样！

裕　庚　送客！

荣　禄　不用！（怒下）

〔裕夫人上。

裕夫人　我都听到了，让德龄嫁给庆王的儿子，这可怎么得了啊？

裕　庚　正经事没办成，又加上这么一档！

裕夫人　得赶紧想个办法呀？

裕　庚　宫里她们不能待了，我先上本借看病为理由，给她们姐妹请假，出了宫再做打算。

裕夫人　再过两天是皇太后的生日，我要陪外交使节的夫人进宫拜寿，一定会见到她们。

裕　庚　我写一封信你交给德龄，让她们不要慌张，等我们的消息。

〔灯暗，乐起。

第十二场　养心殿

〔音乐持续。传旨太监宣读送呈的寿礼。

传旨太监　两广总督送老佛爷金玉如意一对，河南督府送白玉狮子一双，湖广总督送汉白玉屏风一面，直隶总督送珍奇鸟兽一笼，庆王府送江纬画富贵牡丹真迹十册……

〔宫女太监们在李莲英的指挥下布置养心殿。

李莲英　把各府、各省、各衙门、各总督送的寿礼摆好，一会儿请老佛爷过目。那个铁屏风是谁送的？

四　喜　是河南巡抚桂顺送的寿礼。

李莲英　黑不溜秋的真难看，摆后边去。

四　喜　大总管，桂顺还随送了一根杠竹杖，不知道是干什么用的？

李莲英　（接过立即明白）知道了。我看那几扇铁屏风虽然黑，倒也黑得挺特别，叫人摆在最显眼的地方，就摆在通道旁边，老佛爷走过来就看见了。

四　喜　（有些不解）刚才您还说……

李莲英　把水果盘换上最新鲜的，不能有一点缺儿，凡是不吉利的颜色全换下去。（对王太监）你站住。

王太监　（站住）

李莲英　你犯了忌了。

王太监　（莫名其妙）我……没有啊！

李莲英　今天什么日子？

王太监　老佛爷的寿辰吉日。

李莲英　老佛爷的大喜日子最讲究喜庆，瞅瞅你那鞋底。

王太监　（抬起鞋底，是雪白的）总管，是新的。

李莲英　太白了！

王太监　啊？鞋底都是白的啊。

李莲英　你看我的。（抬起脚，鞋底染成暗红色）

王太监　明白了，我这就染去。（下）

李莲英　把寿礼都摆好了，有随送的摆在一边，没有随送的摆另一边，凡是随送的礼物一定得给我过目。

〔隆裕上。

李莲英　娘娘，老佛爷接受完百官朝拜，就回来接受家拜，养心殿布置得差不多了，请娘娘再看看有什么不周到的。

隆　裕　嗯，最要紧别有什么不吉利的地方。

李莲英　奴才已经吩咐了，今天吃的、使的、用的、说的不能有一样犯忌讳，就连鹦哥那张嘴，奴才都给抹上蜜了。

〔鹦鹉叫声"老佛爷万寿无疆!"

隆　裕　今天，老祖宗最讲究避忌讳，咱们都小心点。

李莲英　嗻!

隆　裕　这都是各省送的寿礼?

李莲英　是，珍奇瑰宝，无奇不有。

隆　裕　宫眷们送的礼也都摆上了?

李莲英　是。娘娘那份奴才摆在最显眼的地方。

隆　裕　（好像漫不经心）你知道德龄她们送什么寿礼给老祖宗?

李莲英　奴才不知道。听德龄姑娘说，保密。

隆　裕　还想卖关子。

李莲英　不过，德龄姑娘放在这儿一柄如意，不知道干什么用的。

隆　裕　如意?

李莲英　主子过目。

隆　裕　这是什么料做的，这么轻?

李莲英　奴才也纳闷，宫里头什么如意没有，弄这么一个干什么？

隆　裕　她们葫芦里装的是什么药？

李莲英　不明白。

隆　裕　看来，又是德龄的主意，想来一个出其不意，讨老祖宗的赏。

李莲英　说不定大红果子上七彩，自讨没趣呢。

〔隆裕阴阴一笑。

李莲英　主子，那件婚事怎么样了？庆王爷还等回话呢。

隆　裕　德龄坚决不嫁，裕庚也上书太后请免，不过你知道，老祖宗定了的事谁也改不了，有热闹看呢！你这把软刀子真是杀人不见血。

李莲英　还不是娘娘的提点。

〔一内监急上。

内　监　启禀娘娘，内务府急件！

〔隆裕接过一看，脸色一变。

〔李莲英一直观察着隆裕的表情。

隆　裕　压下不报。

内　监　可……

隆　裕　（对内监）等德龄姑娘献寿礼的时候再报。

内　监　（为难）这……

隆　裕　你想抗旨？

内　　监　奴才不敢。

隆　　裕　下去!(对李莲英)大总管。

李莲英　奴才在。

隆　　裕　刚才你听见什么了?

李莲英　奴才什么也没听见。奴才伺候主子再看看有什么不周到的地方?

〔李莲英恭维地扶隆裕下。

〔王太监引裕夫人上。

王太监　裕夫人,您在这儿坐一会儿,两位小姐这就来。

裕夫人　谢谢。(送红包)

王太监　谢谢裕夫人!(下)

〔德龄、容龄上。两人惊喜地扑向母亲。

容　　龄　妈妈,你怎么来了?

裕夫人　我陪各国外交使节的夫人来给太后拜寿,也来看看你们。(爱惜地)快让我看看瘦了还是胖了?

容　　龄　在宫里吃的好,住的好,太后对我们好,皇上也特别另眼看待,太后还赏了好多好玩的东西给我。其实宫里的水并不难喝,我最爱喝新鲜核桃和鲜莲子泡的茶,还有"树上的蚂蚁"、油炸的"鬼"……

裕夫人　(笑)你呀,还是这么多话。

容　　龄　太后喜欢听我说话,她说我不会转弯,说的都是大直话。

德　龄　是"大实话"。

〔裕夫人疼爱地看着两个女儿。

裕夫人　容龄，你怎么穿成这个样？

容　龄　我一会儿要给老祖宗跳一个西洋舞祝寿呢！

裕夫人　这么多花样，爸爸让你们多加小心。

德　龄　我们知道。

裕夫人　尤其是你，胆子大，主意又多。

容　龄　姐姐的主意可多了，不过她是有目的的，她想……

德　龄　你又说起来没完了。

容　龄　妈，你知道我们送什么寿礼给太后吗？我先跳一个西洋舞，就跳在法国跟邓肯女士学的《茶花舞》，不过把茶花换成如意，跳到最后我把如意献给老祖宗，这份寿礼。是不是又新鲜又别致？还有，姐姐最后会把如意换成一件他们谁也想不到的寿礼献给老祖宗……

德　龄　（阻止）容龄，老祖宗就快回来了，你还不去准备？

容　龄　（忙捂住口）不说了，不说了，我要去准备了。（下）

裕夫人　（观察）德龄，容龄说你要换一件谁也想不到的东西呈给太后，是什么？

德　龄　没，没什么。

裕夫人　你们是不是有事瞒着我们？

德　龄　没有，当然没有。(岔开)妈妈，庆王府那件婚事怎么办？

裕夫人　那件婚事你不用愁，你父亲早有防备。你们生下来的时候，父亲没有把你们写进满族秀女册，庆王爷的儿子是贝勒，他不能娶一个不是秀女的福晋，这是一个最好的借口。

德　龄　谢天谢地！父亲真有远见。

裕夫人　不过，太后为这件事一定会不太高兴，所以你们不便再在宫中住下去。你父亲已经上本给太后，以陪你们父亲去上海看腿病为理由，为你们请了长假。太后没有说准不准，但是于情于理她都不好强留。再者也给她一个台阶了，你们一走，赐婚的事也就不了了之了。

德　龄　我们什么时候动身？

裕夫人　就在这几天，等太后下了旨，立即出宫，这是父亲给你的信，上边会教你们怎么做。

德　龄　妈妈，你知道爸爸参与张之洞五大臣筹备君主立宪的事吗？

裕夫人　你问这些干什么？

德　龄　听说因为那份奏折不能呈给太后，变法又要拖延。

裕夫人　奏折被太后摔下来，再呈十分困难，你父亲这几天也为这件事发愁。但事已至此，只有先去南方，再和张大人商榷下一步怎么进行。德龄，这些朝政上的事与你无关，小孩子用不着操心这些。

德　龄　妈妈，我不是小孩子了！

裕夫人　好，我不同你争辩，总之朝政上的事你不懂，也不要参与。你们在宫里的这大半年，我没有一天不提心吊胆，伴君如伴虎，万一做错什么，随时会掉脑袋的。

德　龄　爸爸他们做的事不也可能掉脑袋吗？

裕夫人　你父亲是朝廷命官，国家大事是他的职责。

德　龄　难道朝廷的事只有朝官才可以关心？你们不是常对我们说，国之兴亡，匹夫有责吗？

裕夫人　你现在处的位置不同。

德　龄　妈妈，有一件事我一定要做，可能你听了会很惊讶。

裕夫人　德龄，你要做什么？

〔乐声大作。传旨太监宣。

传旨太监　大清国当今慈禧端佑康颐昭豫庄诚寿恭钦献崇熙圣母皇太后寿诞吉日，百官叩拜已毕，起驾回宫！

〔裕夫人回避。

〔奏乐。慈禧身着朝服，接受完百官朝贺，回到养心殿。

〔光绪带众官眷拜贺。

众　人　恭贺老祖宗千秋万岁,万寿无疆!

慈　禧　你们吉祥!

李莲英　起鞭!

〔响鞭,声如鞭炮,十分喜庆。

李莲英　向老佛爷献如意!

〔一排太监递给每个人一柄如意,光绪领头依次把如意献给慈禧,这里有一套舞蹈走队般的仪式,进退有序,整齐好看。慈禧接受如意很高兴。

慈　禧　怎么不见容龄?

德　龄　回老祖宗,容龄献如意!

〔乐起,容龄身着茶花仙子舞服边舞边上,出人意料,慈禧喜出望外。

〔容龄随着音乐翩翩起舞,快跳完时,她慢慢舞到慈禧面前轻轻跪下,把手中如意双手举起。德龄接过如意,迅速换成早已准备好的奏折,呈给慈禧。慈禧没在意,顺手接了过来,拿到手才发现。

慈　禧　(变色)这是什么?

〔音乐骤停。

德　龄　(镇定地)回老祖宗,这是湖广总督张之洞五大臣呈送的《三江会楚变法奏折》。

〔众惊。

慈　禧　是他们让你呈交给我？

德　龄　是奴才自愿呈送给老祖宗。

慈　禧　（厉声）你——为什么？

德　龄　德龄认为这是一件最好的寿礼！

〔慈禧颜色大变。

德　龄　今天是老祖宗的寿诞，天下四方呈献的寿礼都是恭祝老祖宗千秋万岁，益寿延年。老祖宗长寿为的是国家昌盛，治国安邦，这份变法奏折会集西洋各国废旧制、立新法、君主立宪的治国之道。德龄在老祖宗身边，深知老祖宗日夜思量富国安民、政通民和的良策，这不是一份老祖宗最想得到的寿礼吗？

慈　禧　（凝视德龄语带威胁）好别致的一份寿礼！

德　龄　老祖宗过奖。

慈　禧　你知道内眷参政是什么罪吗？

德　龄　德龄知道是死罪。

慈　禧　你不怕死？

德　龄　老祖宗说过，人固有一死，或重于泰山，或轻如鸿毛。

慈　禧　（哽塞）你竟敢学我的口气？

德　龄　德龄是遵照老祖宗的教诲。

慈　禧　我看你是依仗我的宠信，无法无天！

德　龄　德龄并没有辜负您的宠信，老祖宗常说，德龄不会说假话。德龄亲眼得见，官府卖官鬻爵，贪污受贿，宫廷腐败，人浮于事，钩心斗角，欺上瞒下，宗庙沦陷，社稷阽危。中国人无贵贱，都像是笼中的鸟、网中的鱼，任人驱使，任人宰割。可惜满朝文武大臣多数只会满口奉承、因循粉饰。中国为什么弱？就在于习气太深，腐败太重，庸俗官吏太多，豪杰志士太少。人人顾着自己那顶乌纱帽，不敢直言。德龄今天冒死上奏折，是希望老祖宗能以大清二百年江山为重，破除旧习，厉行新政，参照西欧实行君主立宪，使中国国势转弱为强，使人民乐业安居，让咱们国家再现康乾盛世，那么老祖宗才是中国四千年尧舜禹汤文武之后前所未有的明君！

〔众人被德龄的一席话说呆了，寂静。

隆　裕　这简直和戊戌变法的那些乱臣匪党同出一辙！德龄，你知不知道内眷不得参政的祖制？知不知道欺君犯上的罪过？老祖宗，德龄私上奏折，欺君犯上，罪不可恕！

长　寿　老祖宗的大喜日子，你竟然以如意换奏折，偷梁换柱惹老祖宗生气，你也太大胆了！你眼里还有老祖宗吗?

隆　裕　按礼该行家法!

瑾　妃　主子说得对!

隆　裕　家法伺候!

光　绪　等一等!皇阿玛今天喜庆的日子,不宜处罚下人。

隆　裕　皇上还护着她,我看她就是康有为的遗党!

光　绪　你不要乱说!

慈　禧　(恼怒地)都给我闭嘴!

光　绪　皇阿玛不要听他人挑唆,德龄初入宫闱,不懂内眷不得参政的祖制,冒死上奏,全出于一片忠心,如果皇阿玛一定要治罪,儿皇只有用御玺相抵!

〔光绪手捧玉玺跪倒,因皇帝跪,所有人全部跪下。

〔慈禧面容肃穆,目光威严。静场。

〔内监急上。

内　监　军机处急奏!九门提督军机大臣荣禄大人在日俄前线因急症病殁了!

慈　禧　(一阵眩晕,几乎站立不住)什么?!

内　监　荣禄大人在满洲与日俄谈判,日俄气焰嚣张,百般辱没,大人一气之下,旧疾暴发,与世长辞了。

慈　禧　要你在这会儿报给我……(一掌打过去)

内　监　是娘娘叫我……

隆　裕　你胡说！

〔慈禧逼视隆裕。

隆　裕　（尴尬）还不下去！

慈　禧　等等！荣禄死前有什么话？

内　监　有遗折启奏。

慈　禧　念！

〔灯光变暗，内监打开遗折作诵读状。同时，另一演区灯光亮起，照着朗诵遗折的传旨太监。

传旨太监　军机大臣文华殿大学士荣禄跪呈遗折，恭请圣鉴事：臣临危受命，与日俄相交，尔等霸我国土，占我海域，气焰嚣张，臣有生以来，从未受此奇耻大辱，至此方知国势积弱，致弱之源在于国家不强。臣恳请皇太后改旧制，行新法，履行新政。《三江会楚变法奏折》实为救国救民之策，富国强兵之本，希冀我太后感念臣临终肺腑之言，乃达为臣宿愿，臣则虽死之日，犹生之年！

〔传旨太监演区的灯光暗下，主要演区灯光恢复原状。

〔慈禧不胜唏嘘。

慈　禧　（几是哀号）荣……禄！

隆　裕　（提醒）老祖宗……

慈　禧　（将隆裕推开）荣中堂临终所奏之言，句句出自真诚，遗折中提到的那本《三江会楚变法奏折》现在在哪儿？

德　龄　（上前一步）就在老祖宗的手里。

〔慈禧愣了一下，将奏折收下。

〔德龄、光绪欣然。

隆　裕　（咄咄逼人）老祖宗，德龄怎么处置？

〔众人注视慈禧。

慈　禧　裕庚德龄，裕庚容龄。

德、容　在。

慈　禧　（良久）你们……出宫去吧。

隆　裕　老祖宗，德龄身犯重罪，不可姑息！

长　寿　老祖宗应该处她极刑。

瑾　妃　主子说得对！

慈　禧　（已十分烦恼）都给我退下去！

〔隆裕尴尬。李莲英为隆裕解围。

李莲英　老祖宗看寿礼，动乐……

慈　禧　慢！（无限哀伤，一字一顿）把喜堂改成灵堂，我要祭奠荣——禄——

〔众震惊。

〔光骤暗，成剪影。

第十三场　尾声　宫院转慈禧寝宫

〔传旨太监传旨。

传旨太监　光绪三十四年十月二十日，御医诊视：皇上脉息欲绝，肢冷气陷，牙关紧闭，病情危重。皇太后胃纳不佳，时有水泻。两宫病重，皇嗣尚缺，皇太后懿旨，醇亲王长子爱新觉罗·溥仪承继皇位，即日进宫——

〔一处灯光亮起。宫院。德龄、容龄望空请安。

德　龄　裕庚德龄拜别！

容　龄　裕庚容龄拜别！

〔王太监面无表情，冷若冰霜地传旨。

王太监　皇后主子说，她正忙着，两位郡主不用向她拜别了。宫眷们说，她们也就不送了。（转身匆匆下）

容　龄　她们在忙什么？

德　龄　新皇上要登基，皇后就要升为皇太后了。

容　龄　皇上病得那么重,她们却在忙些无聊的事,这些人真没人性。

德　龄　(环视)我们真的该走了。

〔李莲英上。

李莲英　德龄郡主留步!

德　龄　(蔑视)李莲英,你是个奴才。

李莲英　"奴才"这两个字就是我的封号。世间之上有天就有地,有主子就有奴才,我李莲英在奴才这一群里可算是尽忠职守,称得上不辱使命。老佛爷谕诏:裕庚德龄晋见!

〔此处灯光暗。另一处演区灯亮。李莲英引领德龄走进这个演区,也就是慈禧的寝宫。

〔慈禧靠在榻上,不施脂粉,病入膏肓,老态毕现。

德　龄　老祖宗,德龄拜别。

慈　禧　(招手)你过来,别离我那么远,过来。

〔德龄走近慈禧,坐在她身边。

慈　禧　挨我近点,没有什么人挨得我这么近。这回你看见我的真面目了吧?花儿、粉儿都不抹了,是一个七十多岁的老太婆。

德　龄　老祖宗保重。

慈　禧　你怎么也和他们一样,说些子废话?这回保重不了了，我要走了。(望着空中)我看见有人来接我，是荣禄……(神秘地一笑，喘一口气)你要走了？

德　龄　是老祖宗让我出宫的。

慈　禧　你怨我？

德　龄　德龄自己做的事，从来不怨别人。

慈　禧　倔头，跟我年轻时候一个样儿。知道我为什么叫你出宫吗？

德　龄　德龄犯了欺君罔上的大罪。

慈　禧　那我为什么不杀你？

德　龄　(摇头)德龄不知道。

慈　禧　我这一辈子，除了太祖皇上，没有一个人反驳过我，想不到末了，让一个既无顶戴又无花翎的小丫头片子制服了我，这也是前世。(停了一会儿，无奈地)无可奈何花落去，我知道大清快完了，改制这一步非走不可。我这一步，可比百日维新走得远。不过这件事得我自己做，不能叫他们逼着我做。

德　龄　老祖宗批复变法奏章了？

慈　禧　你出宫之后，跟你爸爸，带上载泽、徐世昌、端方、绍英出使西洋，考察君主立宪，制定新法，改行新政。

德　龄　(欣喜)老祖宗说的是真话？

慈　禧　君主一言，金石为开，还有假的?

德　龄　(雀跃)德龄领旨!

慈　禧　(喘息着，吐字艰难)别……别这么急，这……这件事先不要张扬，把一切都准备好了，再……再报军机处。

德　龄　德龄明白了。

慈　禧　这也是最后一招，死马当活马医吧。(透出一口气)我可真累了，我要……要睡了。

〔德龄为慈禧铺好床被。

德　龄　请老祖宗就寝。

慈　禧　还记得，有一回你给我唱的那首洋歌吗?

德　龄　记得，是意大利民谣《我的太阳》。

慈　禧　我不知道什么曲，倒是听着叫人安宁，你再给我唱一回。

德　龄　(稍想)其实奴才可以唱另一首曲子，听来更宁神，是德国作曲家勃拉姆斯的《摇篮曲》。

慈　禧　唱来我听听吧。

德　龄　是。

〔慈禧躺在御榻上，德龄轻唱《摇篮曲》。

〔歌声婉转悦耳，使人安详，使人宁静，四围静悄悄的，仿佛从来没有这么静过。

〔幽远的鸽哨声，由远而近，又由近而远，直飞出死寂的宫院。

〔慈禧渐渐睡去。歌声持续，场灯转暗。

〔传旨太监在另一演区出现。

传旨太监 光绪三十四年十月二十一日，酉时，大清德宗皇帝爱新觉罗·载湉光绪驾崩。一天之后，大清国慈禧皇太后宾天……

〔收光，全场灯暗。

——剧　终

一九九八年一月二十日第一稿

一九九八年四月十八日第二稿

一九九八年五月二十日第三稿

三稿之后曾有增删小改

一九九八年九月廿六日定稿

他们都是活生生的人

——我写《德龄与慈禧》

很早就知道裕庚德龄的故事，她是清朝驻西欧公使裕庚公爵的女儿，从小随父母在欧洲长大，受到完备的西方教育，精通英、法、意几国语言，是一个既有纯粹满人血统，又有西方教养的女子，这在一个世纪之前的中国可谓绝无仅有。她的生活很有趣，最吸引我的是她随父亲归国后，和妹妹容龄被慈禧封为御前女官，在宫中侍从慈禧的一段生活。我一直很想把清史中这颇别致的一段搬上舞台，迟迟没有动笔的原因是想不出要写的中心是什么，立意主旨往往使始创者颇费周折，一直搁置了十年。一九九七年我再想到这个题材，经纬万端中不禁豁然开朗。我在剧本首演场刊作者的话中写道："德龄，一个刚刚从外国归来的女孩，像一股清风吹进重门深锁的紫禁城。"

我生长在北京，故宫对我有一种神秘感。我站在后宫门静谧的护城河边，望着暮色中角楼的飞檐、往来的雀燕，幻想着百年前……

两个女人一台戏

德龄与慈禧，她们互相都觉得新奇、吸引。慈禧虽然贵为一国之尊，但她几乎没出过宫闱一步，就算曾经去过承德避暑山庄、盛京（今沈阳）等地，无外乎还是困在琉璃瓦、朱红墙的宫殿之内，处于常年围在她身边的那些朽如枯木的官眷之中。突然出现一个活泼、可笑、见多识广的德龄，不但带来众多新鲜玩意儿，还敢作敢为坦率大方，使烦躁不堪的慈禧如沐春风。德龄，同样带着新鲜好玩的心理，去见这个被传为至尊无上、专横跋扈的女皇。她青春的气息，纯净的心地，不阿谀奉承，不卑躬屈膝，不人云亦云，不改本色。

这一尊一卑，一老一少，一古一今，两个女人相遇在历史一刻，相悖相惜，所引发的故事，所产生的矛盾纠葛，就是戏剧的基本因素。从这一点生发出去，结构整个戏，可谓如鱼得水，笔畅如流。

德龄的出现引起所有人物关系的变化，剧中涉及多个清史人物：光绪、皇后、瑾妃、荣禄、李莲英。我从人性的角度对这些人们耳熟能详的人物重新演绎，希望开掘出新的意蕴。

赋予历史人物新意蕴

光绪——

历来的文学作品都把光绪写成一个懦弱无用的人,我不这样看,他五岁登基、七岁学骑马、八岁能双手拉弓,童年获得孤寂的慈禧疼爱,一人之下,万人之上。尤其是他发动戊戌变法的勇气,震动朝野,轰动世界。我写的光绪,是一个性情急躁、目光敏锐、英气毕露、有胆有识的年轻皇帝。变法失败之后,知大势已去,心如止水。正在此时,青春逼人的德龄,给了他一线生机。这个阶段的光绪如同回光返照,焕发出耀眼的光辉。

荣禄——

相传中慈禧的情人,官拜九门提督军机大臣,为了突出慈禧被压抑的人性,我在剧中特别营造了他们的恋情。其中有一场戏,荣禄被慈禧留宿宫中,不巧被德龄撞破,眼见招致杀身之祸,但被德龄的机智和坦诚化险为夷,使得慈禧心扉为开。每次演到这里,观众都会发出会心的笑声和掌声。

皇后——

虚伪、妒忌,光绪和慈禧都不喜欢她。她人活得很累,还要打起十二分精神。但也情有可原,因为只有保住这点虚名才是她唯一的生趣。

李莲英——

他是个奴才，但我没有把他写成一个委琐的人，所以我不想演员用惯用的女声处理，以免丑化。他对本职工作的敬业，不能不让人佩服。就连慈禧早上戴的朝珠，他都会事先在脖子上戴暖了，为免冰凉主人的颈子。我不强调他的奸诈，为了保住大总管，保住他在慈禧身边的地位，他苦苦挣扎，苦心经营。像个打工仔。他在剧中的最后一句台词，是我对这个人物的结论："世间之上有天就有地，有主子就有奴才，我李莲英在奴才这一群里可算是尽忠职守，称得上不辱使命。"

瑾妃——

珍妃的姐姐，史书对她的记载很少，只提到她常年吸一种廉价烟草。我在剧中写的瑾妃只有一句台词："主子说得对。"一方面表现她凡事不动脑的奴性，一方面展示她在妹妹珍妃惨死之后，麻木茫然的心境。

每个人物都有两面性，挖掘他们不为人知的一面，尽量立体。

既有门道，又有热闹

剧中人性在最后一场得到升华，准确地说，是作者理想中的升华。德龄被赶出宫,最后拜别慈禧,慈禧不施脂粉,老态毕现,她把德龄拉在身边,两个女人此时已无高下尊卑之分,她们以朋友身份面对,慈禧又一次袒露心境。可怜一代君王孤家寡人,直到死前一刻才识到忘年之交。

宫廷也是家庭,但不是一个和谐的家庭;他们也有情感,但都是扭曲了的情感;光绪、皇后、瑾妃都是年轻人,但是生活在一种特别环境中的年轻人。剧中涉及的历史事件都有史实依据,并非编造。慈禧不是曹操,她在中国近代史上的责任不可推卸,我不想为她翻案。但慈禧晚年确有改旧制、行新政的动意,对女人专权、重用太监有所认知。这不一定是德龄的感化,会不会和德龄有关,我做了大胆的想象。裕庚德龄郡主曾讲,她最后悔的是没能利用她的特殊地位,更多地影响慈禧。但在《德龄与慈禧》中我做到了。也许,这就是文学作品可以为历史"更新"的优越性,笔下的人物突破局限,在遐想中飞越,便是作家自由舒展之时。此剧并非历史,观众也不必从历史的角度去深究。

此剧创写初时,我已知将于文化中心小剧场演出。作为一出清宫戏,这是第一次在小剧场演出,四面观众,近在咫尺。我很欣赏导演的这种创意,小剧场可以展示堂皇而不失场面,中西文化的汇通,是导演杨世彭先生本身的修养和功力。因为场地的限制,此剧更着重角色心理及演员与观众之间的交流，而舍弃对场面的追求，然而也因此失去几场颇有意思的宫廷排场戏。

剧本，为一剧之本。古往今来，不同的导演可以对同一个剧本有不同的演绎。我常把写剧本戏称为十月怀胎，一朝分娩，一个健康美貌的"孩子"，可以经得起任何装扮。

戏行里有句俗话：会看的看门道，不会看的看热闹。既有门道，又有热闹，是我对剧本一贯的追求。